WIEBKE FRECH

Family first

novum pro

Bibliografische Information
der Deutschen Nationalbibliothek:

Die Deutsche Nationalbibliothek
verzeichnet diese Publikation in
der Deutschen Nationalbibliografie.
Detaillierte bibliografische Daten
sind im Internet über
http://www.d-nb.de abrufbar.

Alle Rechte der Verbreitung,
auch durch Film, Funk und Fernsehen,
fotomechanische Wiedergabe,
Tonträger, elektronische Datenträger
und auszugsweisen Nachdruck,
sind vorbehalten.

Gedruckt in der Europäischen Union
auf umweltfreundlichem, chlor- und
säurefrei gebleichtem Papier.

© 2023 novum Verlag

ISBN 978-3-99146-195-1
Lektorat: Susanne Schilp
Umschlagfotos: Ivan Zelenin,
Casejustin | Dreamstime.com
Umschlaggestaltung, Layout & Satz:
novum Verlag

www.novumverlag.com

Für meine Kinder!

Ihr seid die Besten!

1.

Lily: Danke für die tolle Veranstaltung in Ihrem Hause, Herr Magnum. Sie haben mir Ihre Visitenkarte gegeben, weil ich mich bei Ihnen melden soll. Hier bin ich also.

Max: Vielen Dank, dass Sie mir schreiben. Ich frage mich, ob Sie an einer Mitarbeit in unserer Werbebranche interessiert sind. Herr Dr. Wong und Sie sind beide nass geworden, als Sie die Champagnerflasche umgestoßen haben. Sie sagten daraufhin: „Champagner macht uns alle gleich!"[1] Das fand ich sehr originell. Wir brauchen kluge Köpfe in der Redaktion. Deshalb mein Angebot für eine Teilzeitarbeit.

Lily: Ich soll bei Ihnen arbeiten? Der Kellnerjob war ein Aushang am Schwarzen Brett der Uni, doch er reicht mir. Ich bin bereits im neunten Semester, und ein Ende ist noch nicht in Sicht. Deswegen haben meine Eltern mir den Geldhahn zugedreht und unterstützen mich nicht mehr. Ich jobbe als Kellnerin und komme über die Runden. Danke. In einer Werbefirma mitzuarbeiten traue ich mir leider nicht zu. Aber danke für Ihr Angebot. Der Ausspruch zum Champagner war ein Zitat von meinem Vater, weil James Stewart das zu Cary Grant in „Die Nacht vor der Hochzeit" sagt.

Max: Immer wieder gerne. Sie rennen bei mir offene Türen ein. Aber vielleicht sollte ich doch eher Ihren Vater engagieren? Er scheint ja einen guten Filmgeschmack zu haben.

---

[1] in: „Die Nacht vor der Hochzeit", George Cukor, Metro Goldwyn-Mayer Picture, Warnerbros, 01:00:33

Lily: Oh ja, ich bin mit Filmen aus den 1940ern und mit Western groß geworden. Mundharmonika und Nobody waren meine Freunde. „Nobody war schneller beim Zielen."[2] Aber was haben gute Filme mit Werbung zu tun?

Max: Da gibt es viele Gemeinsamkeiten. Zum Beispiel sind diese Zitate von Ihnen Gold wert. Was studieren Sie denn eigentlich?

Lily: Ich möchte Innenarchitektin werden, Wohnungen einrichten und mich mit schönen Gegenständen umgeben. Zurzeit fehlt es bei mir an Schönheit, denn ich lasse mich ziemlich gehen. Tut mir leid, dass ich Ihnen das hier so frei mitteile, dabei kennen wir uns gar nicht. Ich bin auf der Suche nach dem Sinn des Lebens, lasse aber mein Studium schleifen, jobbe nur so viel, dass ich Miete und Lebensmittel bezahlen kann, gehe sonst gar nicht außer Haus, habe keine Ausgaben, keine Lust am Leben, und Freunde habe ich auch nur wenige. Und die zwei, die ich habe, haben wenig Zeit für mich, weil sie ein ausgefülltes, tolles Leben führen.

Max: Was ist schon ein ausgefülltes Leben? Das definiert doch jeder selbst für sich. Es gibt sicher viele, die so denken wie Sie. Das ist die Zielgruppe unserer Werbeprodukte.

Lily: Sie haben sicher ein tolles Leben mit schöner Kleidung, gutem Essen und vielen Partys. Sie sehen so durchtrainiert aus, als würden Sie jeden Tag Zeit im Fitnesscenter verbringen.

Max: In der Tat habe ich eigene Geräte in meinem Haus und versuche täglich zu trainieren. Gehen Sie doch mal schwimmen oder laufen oder fahren mit dem Rad. Das wird Ihnen guttun.

---

2 in „Mein Name ist Nobody", Sergio Leone, Paramount Pictures, 1:44:16

Lily: Vielleicht mach ich das wirklich. Darf ich Ihnen morgen wieder schreiben, wie viel ich geschafft habe?

Max: Ja, gerne, der Austausch mit Ihnen ist sehr anregend. Ich hätte glatt Lust, mir alte Filme anzuschauen.

Lily: Oder auch neue. Ich werde Ihnen eine Liste schreiben zur Anregung, als Gegenleistung, weil Sie mich zum Sport motivieren.

Lily: Hier sind meine Vorschläge:
- „Ein ganzes halbes Jahr" mit Emilia Clarke und Sam Claflin. Es geht um Körperbehinderung, Suizid und die Freude am Leben.
- „Das Beste kommt zum Schluss" mit Jack Nicholson und Morgan Freeman. Es geht um die letzten Lebensmonate vor dem Tod durch eine Krankheit und um Lebensfreude.
- „Ziemlich beste Freunde" mit François Cluzet und Omar Sy. Es geht um Körperbehinderung und den Sinn des Lebens.
- „Natürlich blond" mit Reese Witherspoon. Es geht um einen erfolgreichen Job nach dem Umgang mit einer Trennung.
- „Sex and the City" mit Sarah Jessica Parker und vielen anderen starken Frauen, die zusammenhalten und eine Trennung gemeinsam bewältigen.

Max: Da lese ich aber viel „Körperbehinderung, Trennung und Lebensfreude". Kein Wunder, dass Sie gerade auf der Suche nach dem Sinn des Lebens sind. Ich hoffe, Sie haben keine Erfahrung mit Körperbehinderung und Trennungen.

Lily: Haben wir nicht alle solche Erfahrungen? Wird nicht jeder von uns mehrfach im Leben verlassen, und ist es nicht gut, alle gleich zu behandeln, auch wenn sie eine Körperbehinderung haben? Champagner macht uns alle gleich, das wissen Sie doch.

Max: Um ebenfalls so frei zu sprechen, wie Sie es mir gegenüber tun, darf ich Ihnen mitteilen, dass ich vor dem Altar stehen gelassen worden bin. Mir ist im Moment nicht nach einer neuen Liebschaft oder sei es auch nur ein Flirt. Was sagen denn Ihre Filme zu einer Trennung?

Lily: Das ist leicht. Fahren Sie in den Urlaub, lenken Sie sich ab, oder stürzen Sie sich in die Arbeit.
Tut mir leid für Sie, dass Sie verlassen worden sind. Und dann auch noch so kurz vor der Hochzeit. Wie ist es denn dazu gekommen? Auf Ihren Bericht freue ich mich, doch teile ich Ihnen noch schnell mit, dass ich heute 12 Minuten geschafft habe. Ich bin 3 Minuten gelaufen, 3 Minuten gegangen, dann wieder 3 Minuten gelaufen und gegangen. Ich bin sehr stolz auf mich.

Max: Wunderbar! Machen Sie weiter so. Und das zwei- bis dreimal die Woche bitte. Mein Erfolg in der Firma sollte gekrönt werden mit der Hochzeit, die als rauschendes Fest gedacht war. Berauscht war allerdings nur die Braut, die mit meinem Redakteur getürmt ist. Sie hat kalte Füße bekommen, und ich war ihr zu viel. Ich sei immer auf Geschäftsreisen, wäre selten zu Hause, und alles würde sich nur um mich und die Firma drehen. Sie müssen wissen, dass meine Ex-Freundin wunderschön ist. Sie tut viel für ihr Äußeres, pflegt und stylt sich makellos und verbringt viel Zeit vor dem Spiegel. Manchmal dachte ich, es würde ihr helfen, wenn der Spiegel ihr wie in dem Märchen von Schneewittchen antworten würde und nicht ich. „Wer ist die Schönste im ganzen Land?" Es war ohne Zweifel sie. Doch sie wollte jemanden, der für sie in aller Ruhe grillt, der für sie da ist, sie anhimmelt und ihr ständig versichert, dass sich die Welt nur um sie dreht.

Lily: Oh, wie traurig! Aber ganz ehrlich, das hört sich etwas danach an, als ob Sie beide leicht narzisstisch veranlagt sind. Ich möchte Ihnen nicht zu nahe treten, doch kennen Sie die Geschichte von Narziss? Ein Jüngling der griechischen Mythologie, der sich in sein eigenes Spiegelbild verliebte und im See ertrank, während er sich bestaunte?

Da bin ich aber heilfroh, dass meine Lebensfreude nicht davon abhängt, wie sehr mich mein Spiegelbild entzückt. Ich darf Ihnen aber mitteilen, dass ich mir wieder jeden Tag die Beine rasiere und einen BH trage. Das Laufen tut mir sehr gut. Ich war jetzt zwei Wochen lang jeden zweiten Tag jeweils 3 Minuten gelaufen und gegangen im Wechsel. Morgen probiere ich mal 4 Minuten Laufen und Gehen im Wechsel aus. Sie spornen mich richtig an.

Max: Das ist schön! Ich hoffe, Sie kommen ebenfalls mit Ihrem Studium weiter?
Die Geschichte von Narziss hat mich doch tief getroffen. Ich werde mal mein Liebesleben überdenken.

2.

Max: Sind Sie noch da?

Lily: Ja, ich habe auf Sie gewartet. Ich wollte Sie nicht beim Nachdenken stören.

Max: Nachdenken? Worüber? Ich hatte eine neue Kampagne, die ich abgeschlossen habe. Sie werden die Plakate sicherlich in der Stadt erkennen.

Lily: Sie wollten über Ihr Liebesleben nachdenken, weil ich Sie und ihre Ex-Freundin mit Narziss verglichen habe.

Max: Dafür hatte ich leider keine Zeit. Ich habe Ihnen doch gesagt, dass mein Liebesleben zurzeit brachliegt. Ich schreibe nur mit Ihnen so gerne, weil es interessant und schön ist und ich neugierig bin, was Sie aus Ihrem Leben machen.

Lily: Alles im grünen Bereich. Und wenn Sie sich selbst nicht mit Narziss vergleichen, hilft es Ihnen vielleicht, dass sich Reese Witherspoon in „Natürlich blond" wie Sie in Arbeit stürzt und dabei den Mann ihres Lebens kennen und lieben lernt. Wer zuletzt liebt, lebt am besten.

Max: Was soll das denn heißen? Wer sich für die Liebe aufspart, hat das beste Leben? Dann wäre ich das wohl. Wie sieht es denn bei Ihnen mit der Liebe aus?

Lily: Darüber rede ich nicht gerne. Warum wohl schaue ich mir Trennungsfilme an? Ich habe so einiges ausprobiert: Ich war auf

Dating-Plattformen unterwegs und habe es mit Sex ohne Liebe versucht, nachdem Liebe ohne Sex nicht erfolgreich war. Hat beides nicht hingehauen. Soll wohl nicht sein.

Max: Warum reden Sie nicht gerne darüber? Sie sind heute so kurz angebunden? Habe ich Ihnen etwas getan?

Lily: Das wissen Sie selbst nur zu gut! In der Stadt wird man ja förmlich erschlagen von den Plakaten für die neue Zigarettenwerbung: „Nobody war schneller beim Zielen."[3] Das habe ich Ihnen erzählt! Fehlte nur noch, dass Terence Hill dafür posiert, der lebt nämlich noch. Was fällt Ihnen ein, mich so auszunutzen?

Max: Aber ich habe Ihnen doch ein Jobangebot gemacht, das Sie abgelehnt haben. Es herrscht freie Meinungsäußerung, und ich darf zitieren, wen ich will. Mir gefällt, wie Sie sich aufregen, das ist sehr amüsant.

Lily: Amüsant? Ich dachte, wir wären so etwas wie Freunde! Ich schreibe Ihnen, weil ich wahrscheinlich nicht den Mund aufkriegen würde, wenn ich Ihnen im wahren Leben begegnen würde. Beim letzten Mal habe ich eine Flasche Champagner umgekippt, falls Sie sich erinnern, Herr Magnum.

Max: Ich erinnere mich sehr gut an Sie, Frau Leonhard, oder darf ich Sie Leo nennen?

Lily: Leo und du. Wir schreiben uns mittlerweile seit drei Monaten und wissen so viel voneinander. Schriftlich bin ich Ihnen gewachsen und mutig, da können wir uns auch duzen. Oder darf ich das nicht vorschlagen, Eure Hoheit?

Max: Ich fühle mich geehrt, liebe Leo, dich duzen zu dürfen.

---

3 in „Mein Name ist Nobody", Sergio Leone, Paramount Pictures, 1:44:16

Lily: Die Ehre liegt ganz auf meiner Seite, lieber Max. Ich bin heute leider nicht so gut drauf. Ich erzähl dir jetzt eine traurige Geschichte. Auf diesen Dating-Plattformen habe ich mehrere nette Männer kennengelernt. Die meisten hatten gerade eine Scheidung hinter sich und haben noch ihren alten Frauen hinterher getrauert. Die Männer waren alle älter als ich, weil sie nach einer Jüngeren gesucht haben.

Max: Da wäre ich ja in guter Gesellschaft gewesen.

Lily: Genau. Ihr könntet einen Männertreff bilden und eure Verflossenen anschmachten. Sehr unschön für mich. Nicht sehr charmant. Dabei war auch ein Koch, und ich gebe zu, dass ich auf Männer stehe, die für mich kochen. Er hat mich geschwängert, ich habe abgetrieben und er hat mich sitzen und allein gelassen, finanziell und emotional. Eine traurige Geschichte.

Max: Mein Beileid. Ich muss leider los. Ich habe ein Meeting und melde mich später.

Lily: Die Anteilnahme ist ja großartig. Bitte mit Spott, Sarkasmus und Selbstironie lesen.

Lily: Und da bin ich wieder, erneut wütend, weil neue Plakate die Stadt zieren. Dieses Mal ist es Weinwerbung, und ein älterer Herr genießt einen alten Wein nebst einer weitaus jüngeren Frau mit dem Slogan: „Wer zuletzt liebt, lebt am besten".
Was soll das??? Ich bekomme kein Geld, liefere aber all die erfolgreichen Zitate??? Haaaalloooo?

Lily: Haaaalloooo?

Max: Ich war viel beschäftigt, bei mir läuft gerade alles richtig rund. Jeder macht das, was er am besten kann. Wie läuft es in deinem Studium? Was machen das Kellnern und das Joggen?

Lily: Stell dir ein verächtliches Schnauben vor. Ich bin sauer auf dich. Aber ich brauche nur noch ein paar Scheine, dann kann ich meine Bachelorarbeit machen, mit dem Kellnern habe ich genug zu tun, und ich jogge mittlerweile 12 Minuten am Stück ohne Gehen. Das baue ich demnächst aus auf 16 und später 20 Minuten. Für jedes Intervall brauche ich etwa zwei bis drei Wochen dreimal die Woche. Ich habe bereits sage und schreibe sechs Kilo abgenommen! Ich bin soooo stolz auf mich.

Max: Dann wirf dich in ein schickes Kleid und komm mal als Gast zu einer Produktpräsentation.

Lily: Nein, nein, nein, das Selbstvertrauen habe ich nicht. Ich bin eine von denen im kleinen Schwarzen mit der weißen Schürze, die bedienen.

Max: Wie schade! Wir könnten zusammen Champagner trinken, das ist nicht prollig und protzig, sondern für jedermann. Früher sah man das mehr bei Snobs, doch heutzutage gibt es Champagner in jedem Supermarkt.

Lily: Ich glaube, du bist ein richtiger Snob. Jemand, bei dem Arbeit an erster Stelle steht, dem Geld wichtiger ist als Liebe und der sich für etwas Besseres hält als andere.

Max: Du triffst den Nagel auf den Kopf.

Lily: Warum schreibst du mir seit Wochen nicht mehr?

Max: Was soll ich dem denn hinzufügen, da du mich einen narzisstischen Snob schimpfst?

Lily: Aber ich schreibe dir doch so gerne! Und ich schaffe mittlerweile 20 Minuten joggen am Stück ohne zu gehen.

Max: Applaus. Ich muss los. Die Pizza will beworben werden, und ich habe gerade eine Frau kennengelernt, die umworben werden möchte.

Lily: Haaaaalt! Du lernst eine Frau kennen, die nicht ich bin? Warum gibst du mir so einen Korb?
Darüber will ich mehr wissen.

3.

Max: Schmollst du noch? Das war doch eine schöne Retourkutsche, dass ich dich mit einer Rivalin ärgern konnte. Es hat sich im Übrigen erledigt. Ich arbeite, treibe Sport und schreibe dir E-Mails. Abends geh ich zwar auf Partys, aber eine Freundin ist mir echt zu anstrengend. Die wollte ständig von mir zum Essen eingeladen werden, mit mir shoppen oder spazieren gehen und hat stets erwartet, dass ich einen weiten Ausflug mit ihr mache, an den Strand, in eine tolle Stadt oder in die Berge. Dabei war sie sich zum Wandern zu schade. Frauen!

Lily: Oh, du armer, gebeutelter Max, wie hast du es schwer! Dein Leben klingt ja geradezu furchtbar. Da berichte ich dir lieber von meinem Erfolg, dass ich zehn Kilo abgenommen habe und es jetzt seit Wochen schaffe, das Gewicht zu halten, obwohl ich mich ungesund ernähre. Ich hatte von Obst mit Joghurt und gedünstetem Gemüse einfach genug und wollte mal wieder richtig über die Stränge schlagen mit Chips und Schokolade und fettigen Soßen. Herrlich ist das, ich sag es dir!

Max: Da rate ich dir aus ernährungswissenschaftlichen Gründen aber von ab. Treib lieber mehr Sport, dann kannst du auch alles in Maßen essen.

Lily: Ja, ja, Schatz. Ich laufe jeden Tag drei Kilometer, das sind knappe 20 Minuten. Keine Sorge, mein Thema für die Bachelorarbeit steht, und ich komme gut zurecht. Du musst dir keine Sorgen machen. Feel free and live long.

Max: Das ist doch wieder eine hilfreiche Aussage. Wofür könnte ich die verwenden? Für Werbung für Deodorant vielleicht?

Lily: Du raubst mir den letzten Nerv. Wirklich. Du nutzt mich so dermaßen aus, das ist unbeschreiblich.

Max: Ach ja? Und wer hat dich zum Sport motiviert und dich mal aus deiner Komfortzone gelockt?

Lily: Damit verdiene ich aber kein Geld, so wie du. Ich möchte nicht wissen, wie viel du an einem Auftrag verdienst. Ich brauche Geld.

Max: Ich hatte dir doch ein Jobangebot unterbreitet. Überleg es dir und nimm es an. Ich bin in den nächsten Tagen auf Geschäftsreise.

Lily: Da hast du doch trotzdem WLAN und kannst schreiben.

Max: Wir werden sehen. Es gibt immer viele Termine, Besichtigungen, Meetings und Essen bei solchen Veranstaltungen.

Lily: Okay, mach's gut.

Lily: Ich werde die Zeit nutzen und meine Freundin besuchen fahren.

Lily: Anscheinend bist du wirklich bereits losgefahren und nicht mehr erreichbar.

Lily: Es sind ein paar Tage vergangen und ich war bei meiner Freundin. Es war richtig schön, wir haben uns gut unterhalten, Wein, Käse und Schokolade gegessen beziehungsweise getrunken und lange Spaziergänge unternommen. Sie sagt, ich soll mich an einen Arzt wenden, weil ich so niedergeschlagen bin. Es tut mir aber gut, dir zu schreiben. Es ist wie ein Tagebuch,

nur dass ich zwischendurch Antworten bekomme. Dafür hat man zwar Freunde, aber die sind nicht jederzeit abkömmlich. Wenn du nicht gerade auf Geschäftsreise bist, dann erhalte ich viel Rückmeldung.
Warum soll ich zum Arzt?
Meine Stimmung ist nicht gut, ich bin antriebslos, komme im Studium nur langsam voran. Meine Bachelorarbeit liegt schon wieder auf Eis. Ich kann mich einfach nicht aufraffen, schlafe lange, liege nachts aber oft wach, habe Konzentrationsprobleme, kann nicht lange ein Buch lesen, Sudoku klappt gar nicht mehr, und ich mache mir viele Gedanken.
Die würde ich gerne mit dir teilen. Warum bist du bloß so lange weg.

Lily: Bist du wieder da?

Lily: Immer noch kein Zeichen von dir. Du fehlst mir. Es sind jetzt schon zehn Tage, 16 Stunden und 45 Minuten, dass ich nichts von dir gehört habe. Ich erzähle dir einfach, was bei mir passiert ist: Mit dem Joggen steh ich etwas auf Kriegsfuß, manchmal höre ich früher auf, ab und zu habe ich gar keine Lust, aber wenn ich unterwegs bin, dann treffe ich fast immer die gleichen Leute, die mit ihren Hunden spazieren gehen. Eine junge Frau fällt mir dabei besonders auf, weil sie wirklich hübsch und sympathisch aussieht. Wir grüßen uns jedes Mal, und heute habe ich ihr zugerufen, dass es stets eine Freude sei, sie zu sehen. Sie hat geantwortet: „Genauso geht es mir!"
Gestern war eine große Aufregung in unserem Wohnblock, weil ich die Feuerwehr gerufen habe, die mit zwei Wagen, Notarzt und Polizei angerückt ist. In der Wohnung unter mir ging der Rauchmelder los, die ältere Dame hat ihre Tür nicht geöffnet, und da ich sie vor Kurzem gesehen hatte und sie mir sehr klapprig erschien, dachte ich, sie sei umgekippt und liege nun bewusstlos in der Wohnung. Ein Herr aus unserer Hausgemeinschaft hatte einen Schlüssel für ihre Wohnung, so dass wir eintreten konnten. Die Dame war zu ihrem Glück nicht anwesend,

hatte aber einen Topf mit Schokoladenpudding auf dem Herd bei höchster Stufe an gelassen. Überall war beißender Gestank, und die Feuerwehrmänner waren überall. Ich habe mir große Sorgen um die Frau gemacht. Heute traf ich sie, und sie hat es als Lappalie runtergespielt. Ich pass weiterhin auf.

Lily: Wo bleibst du nur? Bis zu diesem Zeitpunkt sind es fünfzehn Tage, vierzehn Stunden und zweiunddreißig Minuten, die du fehlst ...

Lily: Der Arzttermin war in Ordnung. Ich soll mich bei einem Psychotherapeuten melden, die haben allerdings eine lange Warteliste ...

Max: Bei dir ist ja viel passiert! Ich bin wieder da.

Lily: Jippie! Max is in the House. Was hast du erlebt?

Max: Später mehr. Ich muss meiner Haushälterin zuerst alles für die Reinigung geben, und dann habe ich eine Verabredung.

Lily: Schon wieder? Ich hatte gehofft, du hättest Zeit für mich ...

Max: Du hast es drei Tage lang ausgehalten, mir nicht zu schreiben? Deine Geduld soll belohnt werden mit einem kurzen Auszug aus Privatem und Geschäftlichem: Ich habe den Auftrag für die Deodorant-Werbung erhalten; meine Geschäftspartnerin war sehr kooperativ und hat ihr Bett gerne mit mir geteilt und wollte mich gestern noch einmal kurz sehen. Ich habe ihr aber gesagt, dass es nun vorbei sei und ich mich lieber auf die Arbeit konzentriere.

Lily: Du bist ein echter Casanova, der Frauen benutzt. Warum schreibe ich dir eigentlich noch?

Max: Weil du mich magst. Und ich mag dich. Der Alltag hat mich wieder. Mein Leben besteht wieder nur aus Arbeit, Sport, Essen und E-Mails mit dir.

Lily: Und die Partys nicht zu vergessen ...

Max: Die zähle ich zur Arbeit.

4.

Lily: Ich würde dir gerne etwas von meiner Arbeit erzählen: „Die Innengestaltung eines Restaurantbetriebes nach Corona-Regeln". Es geht leider nur schleppend voran. So viele Vorschriften und Behördengänge, die ich erledigen muss. Zum Glück geht das heutzutage alles online. Das Gestalterische ist dabei zweitrangig. Und vorm Computer sitze ich auch am liebsten, wenn ich dir schreibe.

Max: Danke für das Kompliment. Dein Thema klingt super. Die Arbeit kannst du doch mit schönen Fotos bereichern.

Lily: Und woran arbeitest du zurzeit?

Max: Wir drehen einen Werbespot: gut aussehende Feuerwehrmänner in Uniform, die eine alte Frau aus einer verqualmten Wohnung befreien. Doch der Schokoladenpudding, der zu lange auf dem Herd gekocht hat, ist noch essbar.

Lily: Waaaaas? Ich habe dir erneut eine Idee geliefert? Das ist mein Gedankengut.

Max: Dann schreib mir weniger. Aber ich freue mich stets, von dir zu hören.

Lily: Komischerweise habe ich mich schnell beruhigt und tobe nur noch innerlich. Ich sehe den Nutzen für mich, dir weiterhin zu schreiben, und ganz ehrlich, was soll ich mit viel Geld anfangen. In Urlaub fahre ich nicht gerne. Auf technische Geräte stehe ich nicht. Mein altes, kleines Auto tut es auch, und meine winzige Wohnung ist einwandfrei. Letztes Jahr habe ich mir einen künstlichen Kamin an die Wand gehängt, der brennt gemütlich vor sich hin.

Max: Wie wäre es, wenn ich dich zum Essen ausführe? Du darfst auch das Restaurant aussuchen.

Max: Hat es dir die Sprache verschlagen? Das ist ja mal etwas ganz Neues. Du hast seit einer Woche nicht geantwortet.

Max: Lily? Leo?

Lily: Jaaa ... ich überlege noch ... Einerseits würde ich mich freuen ... essen muss schließlich jeder ... Andererseits bleib ich lieber in meiner Wohnung alleine ... und das Restaurant aussuchen möchte ich schon gar nicht.

Max: Nun gut. Die Restaurantwahl dürfte kein Problem sein. Du musst mal aus deiner Wohnung raus! Gehst du noch laufen?

Lily: Ja doch, Herrgott nochmal. Ich jogge jeden Morgen meine Runde, bleibe danach aber gechillt in meiner Wohnung bis auf die wenigen Gänge zum Supermarkt um die Ecke.

Max: Duschst du? Wäschst deine Wäsche? Putzt die Wohnung? Bringst den Müll weg?

Lily: Ja doch, ich bin ja kein Messie. Bei mir ist alles in bester Ordnung. Aber essen tue ich lieber zu Hause.

Max: Dann komme ich zu dir und bringe was Feines mit!

Lily: Nein! Auf gar keinen Fall!

Max: Jetzt weiß ich auch nicht weiter. Ich muss los. Überleg es dir.

Lily: Denk du mal darüber nach, dir eigene Ideen für deine Werbespots einfallen zu lassen.

Max: Aber nein – dafür habe ich andere. Nachdenken ist nicht so meine Stärke. Ich sehe lieber nur gut aus.

Lily: Haha …

Lily: Habt ihr ein neues Projekt? Was habt ihr gerade am Laufen?

Max: Wir haben eine Kampagne zum Thema Fort- und Weiterbildung laufen. An solchen Veranstaltungen nehme ich selbst sehr häufig teil, doch unser Auftraggeber ist eine Fern-Uni, die ausschließlich Online-Seminare anbietet. Für Arbeitnehmer, die sich abends und an den Wochenenden zu Hause die Zeit nehmen. Wir wollen überwiegend Plakate aufhängen, aber auch in Zeitungen werben. Es gibt immer noch Menschen, die Zeitungen aus Papier lesen. Natürlich geht die Werbung auch online über die Bühne.

Lily: Und mit welchem Slogan wirbst du?

Max: „Es liegt mir fern, nicht an einem Fernstudium teilzunehmen".

Lily: Und darauf bist du ganz alleine gekommen?

Max: Nein, ich sagte doch, ich habe dafür meine Leute. Werbetexter sind das.

Lily: Und du nimmst die Ideen und präsentierst sie dann den Geldgebern, sagst, was dir vorgegeben wird und tust nur schön?

Max: Ja, so ungefähr, genau. Ich verabschiede mich für heute und wünsche dir noch einen schönen Abend.

Lily: Guten Morgen! Gut geschlafen?

Max: Guten Morgen, du bist aber früh wach. Vor dem ersten Kaffee Klappe halten, bitte.

Lily: Oh Gott, das sagst du den Werbeschnecken, die bei dir übernachten? Du kannst sehr beleidigend sein ...

Max: Das wollte ich bei dir natürlich nicht, aber ich bin kein Morgenmensch.

Lily: Es ist 10 Uhr!!!

Max: Ich war noch bis 2 Uhr beschäftigt, habe eine Präsentation vorbereitet. Warum bist du so früh wach?

Lily: Wirklich früh ist es ja nun nicht. Ich wollte mir hier mal eine Idee von dir abholen. Du besuchst doch häufig Restaurants. Nerven dich die Trennwände wegen Corona und die Masken, die die Kellner tragen?

Max: Gute Frage. Ich schreibe dir später dazu meine Meinung.

Max: Da bin ich. Du hast Recht, ich gehe sehr oft essen. An die Trennwände habe ich mich gewöhnt und finde sie sogar gut, weil die Tische somit ein wenig abgeschirmt voneinander stehen und es lauschiger ist. Eine leichte Schallschutzmauer, die nett dekoriert werden kann. Die Masken finde ich überall in Ordnung, auch wenn man diejenigen, die sie tragen, weniger gut versteht. Irgendwie werden dadurch aber die Augen betont, und mir gefallen Kellnerinnen mit schönen Augen.

Lily: Charmeur. Vielen Dank, du warst sehr hilfreich.

5.

Max: Warum schreibst du nicht? Kommst du mit deiner Arbeit nicht voran?

Lily: Treffer. Deine Ausführungen haben mich nicht weitergebracht. Ich liege nur im Bett und schaue mir Filme an. In „Woher weißt du, dass es Liebe ist?" sagt Reese Witherspoon: „Die schlechten Tage machen die guten besser."[4] Und ihr Therapeut rät ihr: „Finde heraus, was du willst und lerne es einzufordern."[5] Aber was sagt mir das? Wobei hilft es mir?

Max: Zumindest hilft es mir. Wie wäre eine Werbung für Windeln, die geplagte Eltern zeigen und dann die wunderbaren Momente mit ihren süßen Babys.

Lily: Ich geb's auf, mich zu beschweren. Nimm meine Worte und verpack sie in einer hübschen Schachtel. Vergiss die Schleife nicht.

Max: Wie wäre es, wenn wir uns in einer schönen Landschaft treffen würden und nur einen Spaziergang machen? Ich würde ausnahmsweise auf das Meeting verzichten und das tun, was ich hasse, mit anderen Frauen zu tun. Du hingegen würdest das tun, was du hasst, dich nämlich mit einem weiteren potentiellen Versager-Mann zu treffen.

---

[4] 00:30:32 in: „Woher weißt du, dass es Liebe ist?", James L. Brooks, Columbia Pictures
[5] 00:38:03 in: „Woher weißt du, dass es Liebe ist?", James L. Brooks, Columbia Pictures

Lily: Da bin ich baff ... Damit habe ich nicht gerechnet, aber irgendwie hört es sich gut an, wenn wir beide etwas tun, das wir hassen. Dann sind wir irgendwie gleich. Du weißt ja: Champagner ...

Max: Ja, ja, schon gut. Du bist einverstanden? Ausgezeichnet. Dann zieh ich mal legere Kleidung und Turnschuhe an. Mir fällt gerade nicht ein, wo ich welche habe. Hast du eine Idee, wo wir uns treffen könnten? Du bist doch die mit den ausgezeichneten Ideen.

Lily: Kein Problem. Da muss ich zum Glück gar nicht weit aus meiner Komfortzone raus, denn direkt vor meiner Tür ist ein Naturschutzgebiet, inmitten dessen ein See ist, und der Weg führt durch eine Siedlung, am Strand vorbei und zurück durch Pferdekoppeln und Wiesen. Wirklich schön. Ich schick dir die Adresse auf dein Handy, dann können wir uns beim Parkplatz treffen.

Lily: Das war schööööön. Ich bin noch ganz beseelt. Ich hätte nicht gedacht, dass du auch mal so lange ruhig sein kannst und die Stille genießt.

Max: Mit dir immer wieder gerne, das war mir ein Leichtes. Und ich hätte nicht gedacht, dass ich mich fast ausschließlich über das unterhalten kann, was ich sehe, höre und rieche. Der Waldweg war fantastisch. Ich habe mir leicht den Fuß verstaucht, aber na gut.

Lily: Du wolltest ja nicht mehr in meine Wohnung kommen, damit ich ihn kühlen kann.

Max: Nein, das wäre zu viel des Guten gewesen. Schließlich hast du mich bei einem Spaziergang ausgehalten, und ich kann mir vorstellen, dass ich dir in deiner Wohnung wie ein Eindringling erschienen wäre.

Lily: Das steckt ja ein ungeahntes Einfühlungsvermögen in Ihnen, Herr Magnum.

Max: Da kannst du mal sehen. Das war schön. Das können wir noch mal wiederholen. Ich hätte nicht gedacht, dass ich so wenig an mein Meeting denken würde.

Lily: Wie geht es denn nun weiter bei dir?

Max: Na ja, die Windelwerbung, und dann müssen wir uns noch Gedanken für ein Parfum machen, das Freiheit und Selbstständigkeit verkörpern soll.

Lily: Wie ein Waldspaziergang?

Max: Nicht schlecht. Da hätte ich auch selbst drauf kommen können.

Lily: Ich fühlte mich auch befreit von meinen Fesseln, die mich an die Wohnung binden.

Max: Warum gehst du denn nicht öfter aus?

Lily: Kein Geld. Keine Lust. Keine Gelegenheit.

Max: Dann bleib halt in deiner Wohnung und setz dich wieder an die Arbeit. Wann ist Abgabetermin?

Lily: In sechs Wochen. Bis dahin verschanze ich mich in meinen vier Wänden.

Max: Nur noch vier Wochen, dann ist Abgabetermin. Kommst du voran?

Lily: Schleppend, aber ich werde es wohl schaffen.

Max: Ohne dich komme ich gerade nicht so gut voran. Meine Werbetexter haben ebenfalls eine Flaute.

Lily: Und was macht ihr dagegen?

Max: Bei uns ist es üblich, viel zu essen und zu trinken, Musik zu hören und Brainstorming an Flipcharts zu machen.

Lily: Dann lasst es mal krachen!

Lily: Bist du schon von den Toten wieder aufgestanden? Es ist 12 Uhr, Mittagszeit. Ein geregelter Tagesablauf ist wichtig. Willst du gar nicht wissen, was ich gegen meine Flaute getan habe? Ich hoffe, ihr habt eure umschifft und habt wieder eine Handbreit Wasser unterm Kiel.

Max: Der Klingelton hat mich geweckt. Ich bin erst um 6 Uhr ins Bett gekommen. Gähn.

Lily: Ich hatte gestern einen sehr produktiven Abend. Mein Deckblatt, die Einleitung und das Schlusswort sind im Kasten. Und wie war euer Brainstorming?

Max: Feucht, fröhlich, aber wahnsinnig erfolgreich. Deswegen war die Nacht so kurz, vom Schlafen her betrachtet. Vampire machen gerne die Nacht zum Tag – ich auch. Deswegen leg ich mich lieber noch eine Weile aufs Ohr. Gute Nacht.

Lily: Kuckuck. Vorsichtige Frage: Brauchst du eine Aspirin oder einen anderen Kater-Vertreiber?

Max: Es ist jetzt 18 Uhr, und mir dröhnt immer noch der Kopf. Ich habe jedoch eine E-Mail erhalten von meinem Grafiker, der unsere Strategie ganz alleine umgesetzt hat. Anscheinend war ich der Einzige, der so abgestürzt ist, und sie haben mich strafversetzt. Ich bin zwar der Juniorchef, der mal das Königreich übernehmen soll. Doch ich soll mir für ein paar Jahre in anderen Agenturen die Hörner abstoßen und zu neuen Herangehensweisen finden. Was mache ich denn da? Ich hau mich lieber wieder hin.

Lily: Oh, mein Gott. Du bist arbeitslos? Das tut mir leid. Musst du dich beim Arbeitsamt melden?

Lily: Ist alles in Ordnung bei dir?

Lily: Ausgeschlafen?

Max: Wach bin ich, sagen wir es mal so. Agentur für Arbeit? Nee. Ich kenne noch andere Agenturen. Ich stell mich bei den Managern vor.

Lily: Du bist ja optimistisch. Das finde ich toll.

Max: Sehen wir mal, was daraus wird.

6.

Lily: Und was ist daraus geworden?

Max: Bei uns in der Branche kennt man sich, weißt du. Ich habe viele Kontakte, die mich weiterempfehlen, und es spricht sich rum. „Finde heraus, was du willst und lerne es einzufordern." Darin bin ich ziemlich gut! Ehrlich gesagt habe ich so einige E-Mails bekommen, in denen mich die Schreiber alle anwerben wollen. Ich kann in drei Wochen weitermachen. Deswegen fliege ich Montag für eine Woche nach Mallorca.

Lily: Bei dir tut sich aber schnell eine neue Tür auf! Viel Spaß im Urlaub. Melde dich mal. Ich bin in meiner heißen Phase und werde dich als Motivator vermissen. Du gibst mir Antrieb.

Max: Ich bin auch nicht depressiv, gehe auf Leute zu und fühle mich in der Menschenmenge wohl. Ich wünsche dir, dass du gut vorankommst.

Max: Tut mir leid, die letzten Tagen waren stressig mit Einpacken und Auspacken und Eingewöhnen auf Mallorca. Das Wetter ist angenehm. Warme 23 Grad Lufttemperatur und das Wasser ist noch aufgeheizt, sodass ich jeden Tag Wasserski fahre. Das macht Spaß!

Max: Das Essen ist köstlich. Ich habe Vollpension gebucht und bin an früher erinnert. Mit meinen Eltern war ich oftmals hier und habe es geliebt, vier Portionen Spaghetti Bolognese am Tag zu essen. Die Früchte und das Obst sind außerdem köstlich. Ich lasse es mir richtig gut gehen!

Max: Heute war ich in Palma und habe die Kathedrale und das Aquarium besichtigt. Wahnsinn!

Max: Heute habe ich eine Tour mit einem Quad-Fahrzeug unternommen. Hammer!

Max: Heute bin ich nur gewandert und werde morgen eine Radtour durch die Berge machen!

Max: Home, sweet Home. Du hast mir gar nichts geschrieben. Geht es dir gut?

Lily: Mir geht es bestens. Dank deiner euphorischen Berichte war ich wie beflügelt und habe meine Arbeit fertig geschrieben. Eine Freundin liest sie Korrektur und danach – tadaaa – reiche ich sie ein.

Max: Wie bin ich stolz auf dich. Ich nutze die letzte freie Woche, um noch einige handwerkliche Verschönerungen in meinem Haus zu machen. Ich bin nämlich gar nicht so ungeschickt mit meinen Händen. Danach starte ich wieder voll durch.

Lily: Das freut mich.

Lily: So – eingereicht! Ich schnaufe tief durch und lege mich erst mal auf die faule Haut.

Max: Nein! Bleib so aktiv wie in den vergangenen Wochen. Das tut dir gut.

Lily: Wie geht es dir denn in deinem neuen Job?

Max: Sehr gut. Es läuft richtig gut. Wir konzipieren ein Video für einen Schweizer Käse, der Löcher wie Augen hat. Deswegen spielt er auch in einem urigen Restaurant mit dekorierten Zwischenwänden und gut aussehenden Kellnerinnen mit schönen Augen, die durch die FFP2-Maske betont werden.

Lily: Echt jetzt?

Max: Du weißt doch, wie gerne ich arbeite. Aber was ist mit deinem Essensplan und dem Sport?

Lily: Ich esse, was ich will in Maßen, aber überwiegend Obst und Gemüse. Ich laufe regelmäßig an der frischen Luft, kümmere mich um meine Wohnung und meine Hygiene und schreibe einem Freund meine Gedanken darüber auf, was in meinem Leben los ist.

Max: Was ist denn los? Du hast deine Arbeit eingereicht und wartest auf das Ergebnis. Wie lange kann das dauern?

Lily: So acht Wochen mit Sicherheit.

Max: Was planst du für diese Zeit? Sag bitte nicht, dass du dich in deiner Wohnung verkriechst.

Lily: Wir könnten mal wieder spazieren gehen.

Max: Das geht leider nicht, weil ich noch in der Probezeit bin. Da kann ich kein Meeting schwänzen. Ich schreibe dir doch zurzeit nur eine E-Mail pro Tag, das merkst du ja. Mehr Zeit habe ich nicht.

Lily: Ich gebe mich mit wenig zufrieden. Jede E-Mail von dir ist Gold wert, mein Schatz. Ansonsten arbeite ich vermehrt als Kellnerin, weil ich mich immer noch nicht traue, in einer Werbeagentur meine Sprüche zum Besten zu geben. Mein Selbstvertrauen ist im Keller.

Max: Ich bin froh, dass wir uns getroffen haben. Damals auf der Party, als du gekellnert hast, und dann bei dir am See.

Lily: Ich bin ebenfalls froh darüber. In diesen Wochen verkrieche ich mich aber lieber in meinen vier Wänden und schaue nur

Filme. Kennst du „Frau mit Hund sucht ... Mann mit Herz"? Darin möchte sich Diane Lane am liebsten im Keller verkriechen als verrückte Tante mit Hund.

Max: Du schreibst so wenig und so selten. Dafür habe ich mir unterdessen den Film angesehen, von dem du geschrieben hast. Diane Lane rafft sich auf und geht raus, trifft sich mit Männern und unternimmt etwas gegen ihren Weltschmerz.

Lily: Ja, schon, aber sie sagt auch: „Ich bin in der richtigen Welt nicht so gut."[6] Und ganz ehrlich ... es stimmt, wenn sie sagt: „Ein emotionaler Mann, der sich gerne unterhält, das ist eine Märchenfigur."[7]

Max: Danach suchst du? Du willst für jemanden der „Halleysche Komet" sein? „Eine absolut einzigartige Konstellation von Attributen"?[8] Ja, ich habe auch meine Hausaufgaben gemacht. John Cusack spricht von charakterlichen Eigenschaften, von Wesensmerkmalen.

Lily: Was ist ein Halleyscher Komet?

Max: Ein lichtstarker Komet, der etwa alle 75,3 Jahre wieder in der Nähe der Erde zu sehen ist.

Lily: Möchtest du mit mir ein Tierheim besuchen und dort Hunde ausführen?

Max: Nein, danke, ich arbeite.

---

[6] 00:37:26 in: „Frau mit Hund sucht Mann mit Herz", Gary David Goldberg, Warner Bros. Pictures
[7] 00:46:10 in: „Frau mit Hund sucht Mann mit Herz", Gary David Goldberg, Warner Bros. Pictures
[8] 00:56:48 in: „Frau mit Hund sucht Mann mit Herz", Gary David Goldberg, Warner Bros. Pictures

Lily: Und am Wochenende? Du willst doch, dass ich meine Komfortzone verlasse. Ich hätte halt gerne, dass mich jemand begleitet.

Max: Das kann ich verstehen, aber ich bin eher Einzelkämpfer und damit zufrieden. Was hältst du von meiner Idee, ein Werbevideo zu drehen für Kondome, in dem sich das Paar auf einem Hundetrainingsplatz verabredet? Sie üben mit ihren Hunden, die bestens miteinander auskommen und nebeneinander liegen. Und weil sich die Hunde gut verstehen, möchten die Erwachsenen auch nebeneinander liegen und brauchen ein Kondom.

Lily: Das klingt logisch. Es ist wie bei den Männern, die ich online kennengelernt habe: Die Kinder beider Parteien müssen sich verstehen.

Max: Mit Kindern kann ich nichts anfangen. Möchtest du Kinder haben?

Lily: Ja, später schon. Dafür brauche ich allerdings zuerst einen Partner. Wie wäre es mit dir?

Max: Ich lehne dankend ab.

7.

Lily: Ich war eine Woche traurig und habe mich nicht bei dir gemeldet und habe dringend das Bedürfnis, mich erneut auf einer Dating-Plattform online rumzutreiben. Was hältst du davon?

Max: Das finde ich sehr gut. Darf ich dir Tipps geben für dein Profil? Du kannst dich ja auf mehreren Plattformen mit unterschiedlichen Eigenschaften präsentieren. Was meinst du?

Lily: Mehrere Anbieter kann ich nicht bezahlen, und ich finde es ehrlicher, mich mit der Wahrheit vorzustellen. Ich würde mich als ruhig, aber eloquent beschreiben.

Max: Guckt gerne Filme und liebt ihr Zuhause. Damit ist subtil umschrieben, dass du kaum ausgehst.

Lily: Ich lese, schreibe und koche gerne.

Max: Was schreibst du bei der Frage: Welchen Urlaub mögen Sie lieber? Strand oder Berge?

Lily: Diese Entscheidung fällt mir schwer. Wohl eher Meer. Das passt besser zu meiner Ruhe und dass ich nicht sonderlich aktiv bin.

Max: Aber Aktivitäten musst du wahrscheinlich auch angeben, oder?

Lily: Die meisten Männer geben an, dass sie jemanden suchen, mit dem sie in Urlaub fahren wollen. Das heißt doch, dass sie sich nicht binden, aber auch nicht alleine bleiben wollen.

Max: Schreib bei den Aktivitäten: wenig Bewegung, viel Kultur. Kultur kannst du auch online erleben. Außerdem möchtest du begleitet werden und gehst dann auch mehr raus, oder?

Lily: Ich würde mit dir gerne spazieren gehen, das Tierheim und Museen besuchen und auf Konzerte gehen.

Max: Konzerte? Da stehen die Leute aber dicht an dicht in einer großen Traube. Das ist zu viel für dich. Du kommst nie zu unseren Partys, dann wärst du auf einem Konzert verloren.

Lily: Ich gehe nicht auf deine Partys, weil ich mit Schnöseln nichts anfangen kann. Ich bringe ihnen lieber Getränke oder kippe sie über ihnen aus.

Max: Warum schreibst du mir eigentlich, wenn ich nicht nur Narzisst, sondern auch ein Schnösel bin?

Lily: Die Frage stelle ich mir seit sieben Monaten. Ich fühle mich leider gut mit dir.

Max: Das ist schön. Hast du dein Profil erstellt und ein Foto hochgeladen?

Lily: Alles im grünen Bereich. Den Psychotest habe ich bereits ausgefüllt, und die Psychologen versuchen von nun an, den richtigen Partner für mich auszusuchen.

Max: Du weißt schon, dass du wieder auf ältere Männer stoßen wirst, weil die jüngeren auf Studentenpartys oder in Kneipen gehen. Oder? Dir ist klar, dass du das selbst machen könntest und kein Geld ausgeben müsstest.

Lily: Es ist zu spät. Ich bin online und habe längst Treffer angezeigt bekommen. Kommst du vorbei und siehst sie dir an?

Ma: Nein, keine Zeit. Aber beschreibe sie für mich.

Lily: Da ist Kevin, 30, hatte noch nie eine Freundin, will Fahrradtouren machen, schwimmt gerne und beschreibt sich als sportlich und still.
Egon, 38, schon ein älteres Semester, will in den Bergen Urlaub machen und schreibt über sich, er sei rustikal und an Literatur interessiert.
Andreas, 34, hatte lange eine Freundin, die ihn verlassen hat, sucht jemanden für Kinobesuche und gemeinsames Kochen, sagt von sich, er sei umtriebig und genusssüchtig.

Max: Da ist ja für jeden etwas dabei. Kannst du dir nicht eine Mischung aus allen backen?

Lily: Du hast recht, bei allen dreien passt etwas, aber es stimmt nicht alles.

Max: So ist das schließlich im wahren Leben. Willkommen in der Realität. Aus dem Grund arbeite ich so viel.

Lily: Aber du verpasst was, wenn du dich nicht auf einen Partner einlässt.

Max: Ich bin verheiratet mit meinem Job. Auf den kann ich mich stets verlassen, er bleibt mir treu, und ich weiß jederzeit, was mich erwartet.

Lily: Na, auf jeden Fall habe ich drei Verabredungen in dieser Woche. Wir haben ein paar Mal hin und her geschrieben, aber bevor ich mich auf jemanden einlasse, muss ich ihn persönlich treffen und wahrnehmen.

Max: Das ist ein fabelhafter Ansatz. Viel Vergnügen, und zieh dir was Schickes an.

Lily: Ja, ja, das kleine Schwarze.

Lily: Das glaubst du doch nicht im Ernst? Ich zeige mich doch nicht halbnackt beim ersten Date. Und du denkst doch nicht wirklich, dass ich irgendwohin gehe, um wildfremde Männer zu treffen? Ich habe sie zu dem Parkplatz bestellt, wo du auf mich gewartet hast. Spazieren gehen ist unverfänglich, außerdem bin ich schnell in meiner Wohnung zurück.

Max: Du bist eben ein Schlaumeier. Mit wem triffst du dich zuerst?

Lily: Ich war gestern mit Kevin unterwegs. Kein Wunder, dass er noch nie eine Freundin hatte, denn er hat seinen Mund kaum aufgekriegt. Toller Körper, weil er viel Sport treibt, aber er redet zu wenig, und ich habe keine Lust, Fahrrad zu fahren.

Max: Vielleicht wird es bei dem nächsten besser.
Lily: Es wurde nicht besser … Egon ist geschieden, weil er keine Kinder möchte, sondern lieber liest und wandert. Er redet zwar gerne und tiefgründig, ist aber sterbenslangweilig und zu alt für mich.

Max: Da bleibt noch Andreas. Wann triffst du dich mit ihm?

Lily: Ich hatte Termine an drei aufeinanderfolgenden Tagen eingerichtet, damit ich es schnell hinter mich bringen konnte. Mittlerweile sind die Vorschläge auf der Plattform alle noch schlechter, und ich habe weniger Übereinstimmung. Achtzig Prozent ist nicht viel. Da habe ich ja auf Netflix mehr.

Max: Also, wie war es mit Andreas?

Lily: Andreas würde am ehesten in Frage kommen. Das Alter und das Aussehen stimmen. Wir könnten zusammen kochen und Filme anschauen. Leider trauert er jedoch seiner Ex-Freundin hinterher und nutzt die Plattform nur, um One-Night-Stands zu finden und sich auszutoben. Er ist mir zu extrovertiert und ausschweifend. Ich habe keine Lust mehr auf Sex ohne Liebe.

Max: Du Arme. Alles umsonst. All deine Mühe und dein Aufwand.

Lily: Wenigstens hatte ich ein bisschen Spaß beim Schreiben und Spazierengehen. Ich habe in den kommenden Wochen mehrere Events, bei denen ich kellnere.

Max: Wirst du dich auf weitere Dates einlassen?

Lily: Ich werde die Männer vorerst schriftlich ausfragen, um zu erfahren, was auf mich zukommt. Aber du hast ja gesehen, dass ein persönlicher Kontakt viel mehr aussagt und mich vor vielen Schreibstunden bewahrt hat. Also ja, ich werde wahrscheinlich noch andere Dates verabreden.

8.

Max: Hattest du noch Dates?

Lily: Ich schütze mich gerade davor, dass etwas nur cool anfängt und dann mit einer Enttäuschung endet. Ich war von allen Dates enttäuscht.

Max: Aber du bist draußen spazieren gegangen und hast dich mit anderen Männern als mir unterhalten.

Lily: Ich will mich aber nur mit dir unterhalten. Lass uns ein Paar sein, bitte.

Lily: Du antwortest mir nicht. Du arbeitest, wie immer. Und ich rede mir den Mund fusselig. Da kann ich mich auch mit einem potenziellen Idioten treffen.

Lily: Martin, 29, Lehrer an einer Gesamtschule, belesen, sozial engagiert, aber nicht hübsch.
Ich mache Abstriche beim Aussehen. Dann darf ich mich auch gehen lassen, wie fabelhaft. Wir haben uns angeregt unterhalten. Vielleicht treffen wir uns auf ein zweites Date.

Max: Und dann ab in die Kiste?

Lily: Wie ordinär von dir. Wo denkst du hin. Er will mich zum Essen einladen. Das möchte ich aber nicht. Erstens bezahle ich selbst für mich – selbst ist die Frau – und zweitens sind mir Restaurants zu voll und zu laut. Ich will das nicht!

Max: Aber mit mir willst du Hunde ausführen oder in ein Museum?

Lily: Da ist es nicht so überfüllt. Außerdem bist das du.

Max: Das ist süß von dir.

Lily: Ich möchte mit niemandem die Freitagnacht verbringen, aber außer mit dir will ich mit keinem den Samstagnachmittag verbringen.

Max: Da fällt mir eine Werbung für Hundefutter ein: Geben Sie Ihrem Liebling freitagabends ein anderes Leckerli als an einem Samstagmittag, wenn Sie einen besonders ausgiebigen Spaziergang machen. Ein anderes Futter für jeden Tag. Wie mit der Unterwäsche, kennst du die? Auf jedem Slip steht ein anderer Wochentag.

Lily: Das ist lustig. Kommst du denn gut voran?

Max: Die Routine hat sich langsam eingependelt. Du merkst es daran, dass ich dir häufiger schreibe.

Lily: Wollen wir uns noch einmal treffen?

Max: Ich finde es gut, wenn wir es beim Schreiben belassen. Meine Tage sind sehr voll.

Lily: Warum kann ich nur so gut Körbe wegstecken?

Max: Weil du stärker bist, als du denkst und an dich glaubst. Glaubst du eigentlich an eine Religion?

Lily: Ich finde es wichtig, dass es Religionen, und dazu noch so viele verschiedene, gibt. Wir sollten alle tolerant sein, und ich kann mir aus allem das Beste raussuchen. Zum Beispiel glaube ich daran, dass wir an Karma gewinnen, wenn wir Gutes tun und andere unterstützen.

Max: Bist du Buddhistin?

Lily: Hör zu, wenn ich schreibe. Ich suche mir aus allem etwas aus. Dass wir ein besseres nächstes Leben haben werden, wenn wir uns engagieren, finde ich beruhigend. Dass es jemanden gibt, der uns liebt, so wie wir sind, ist auch Teil meines Glaubens. Ich würde mich gerne sozial engagieren.

Max: Dann verteile doch den Gemeindebrief in deinem Viertel. Das machen viele Ehrenamtliche.

Lily: Ich werde darüber nachdenken. Ich muss mir bald überlegen, wo ich arbeiten möchte.

Max: Wann hast du denn einen Termin beim Psychotherapeuten?

Lily: In fünf Wochen erst. Solange musst du dringend E-Mails mit mir austauschen.

Max: Geht klar. Ist dein Tag geregelt? Schläfst du genug und isst du gesund, treibst Sport?

Lily: Ja, Herr Therapeut. Alles bestens. Ich habe eine Frage zu deiner Arbeitsstelle, weil ich bald auch vielleicht Arbeitnehmer sein werde. Wie ist das mit der Wertschätzung in deinem Beruf?

Max: Das ist interessant. Ich bin nicht abhängig von Anerkennung, die andere mir geben, doch haben wir in unserer Agentur die Devise, einen freundlichen und wertschätzenden Ton miteinander zu pflegen. Die Arbeit an unseren Produkten soll sachlich und eine konstruktive Kritik sein. Jeden Freitag wird die Woche überdacht, und Erfolge werden hervorgehoben.

Lily: Oh, das wünsche ich mir auch so sehr. Ich habe von Freunden gehört, in deren Firmen ein Wettkampfdenken herrscht und nur die Starken gewinnen. Ich fände es furchtbar, immer nur kritisiert zu werden. Mich verstellen, um anderen zu gefallen, ist nicht so mein Ding. Und ich finde es immer besser, ein Kompliment auszusprechen als eine Beleidigung.

Max: Damit stehst du aber ziemlich alleine da auf weiter Flur.

Lily: Besser alleine als mit den falschen Menschen zusammen zu sein.

Max: Ist das so? Ich bin nicht gerne einsam und habe lieber Menschen um mich herum.

Lily: Ich nicht. Ich genüge mir selbst. Ich glaube zwar, dass jeder Mensch lieben will und geliebt werden möchte. Aber das müssen die richtigen Personen sein.

Max: Haha. Ich liebe mich selbst am meisten.

Lily: Ich weiß. Deswegen stehst du auch so gerne im Mittelpunkt und brauchst Aufmerksamkeit durch andere.

Max: Ich kann gar nicht verstehen, dass du das nicht gut findest.

Lily: Im Mittelpunkt stehen und eine Rampensau sein? Nein, danke.

Max: Du ziehst lieber im Hintergrund still die Fäden.

Lily: Genau. Ich werde sachlich Vorschläge machen, die Inneneinrichtung anderer Häuser zu verschönern, aber die Umsetzung machen dann andere. Ich leite und lenke eher.

Max: Dafür bist du wie gemacht. Und ich bin für meine Position bestens geeignet. Schon deswegen passen wir nicht gut zusammen.

9.

Lily: Ich bin anderer Meinung. Da haben wir unseren ersten Streit.

Max: Du bist eine kluge, starke und unabhängige Frau.

Lily: Hast du das Buch von Michelle Obama gelesen? Sie glaubt an Liebe und Hoffnung und daran, dass Männer die Frauen und alle Minderheiten schätzen sollen.

Max: Ich habe das Buch nicht gelesen, unterstütze dich jedoch bei dem Gedanken.

Lily: Das ist schön, denn ich glaube, dass eines der größten Probleme zwischen Männern und Frauen die Unterdrückung ist. Die meisten Männer unterdrücken noch immer, trotz Emanzipation und moderner Erziehung, ihre Frauen. Sie machen, was sie wollen und stellen ihre Frau an dritte Stelle. An erster Stelle steht ihr eigenes Ego und was das Ego will und an zweiter Stelle ihre Mutter.

Max: Du bist heute ganz schön in Fahrt. Ich halte mich aus der Diskussion raus.

Lily: Du schreibst nur noch ein bis zwei Sätze. Was ist los? Bei mir ist so viel los: Ich jogge nicht nur täglich – sogar bei Niesel; sondern ich gehe auch unsere Runde zum See spazieren – sogar alleine.

Max: Das freut mich. Ich arbeite.

Lily: Ich bin jetzt fünfundzwanzig Jahre alt. Wie alt bist du?
Max: Neunundzwanzig.

Lily: Gestern hatte ich eine regelrechte Fressattacke mit Chips und Schokolade. Aber das trainiere ich mir schnell wieder runter, so viel, wie ich mich bewege.

Lily: Heute koche ich Spaghetti mit Seelachs in Zitrone und Pesto. Lecker.

Lily: Es regnet den ganzen Tag schon. Gut für die Pflanzen. Mein Balkon war ganz vertrocknet, denn ich vergesse immer zu gießen. Du hast ein Haus mit Garten, oder?

Max: Ja.

Lily: Oh! Ein Lichtblick. Er lebt. Was ist los bei dir?

Lily: Samstag wird mir mein Bachelor of Arts überreicht. Kommst du mit?

Lily: Wir könnten uns um 12 Uhr vor dem Haupteingang treffen.

Lily: Noch drei Tage, dann ist es soweit. Ich bin sehr aufgeregt.

Lily: Wirst du da sein?

Lily: Ich habe die Werbung heute online gesehen: Eine Frau im kleinen Schwarzen mit Schürze stößt eine Flasche Champagner um, sodass zwei Personen nass werden. Die eine davon sagt: „Macht nichts. Champagner macht uns alle gleich …"

Lily: Ich habe jetzt meinen Bachelor of Arts und bin stolz. Du warst nicht da. Schade.

Drei Jahre später

10.

Lily: Hallo Max, wie geht es dir? Es sind drei Jahre vergangen, in denen wir keinen Kontakt hatten, doch ich würde dir gerne wieder schreiben. Ist das okay?

Max: Wie schön, von dir zu lesen, liebe Leo. Es ist zwar nicht viel passiert, aber ich würde gerne aus deinem Leben erfahren. Wie ist es dir ergangen?

Lily: Wo fange ich da an? Ich habe einen Job. Ich bin angestellt in einer Firma, die sich darauf spezialisiert hat, Büroräume einzurichten. Viel Grau, vieles gleich, viel Routine.

Max: Glückwunsch. Du hast es geschafft. Routine heißt doch auch viele Erfolgserlebnisse. Das wolltest du doch immer. Bist du genug aus deiner Komfortzone herausgekommen?

Lily: Ich glaube schon. Ich arbeite acht Stunden pro Tag, muss keine Überstunden machen und habe fünfundvierzig Minuten Pause. Alles sehr geregelt und gut. Ich laufe weiterhin jeden Morgen vor der Arbeit meine drei Kilometer und achte auf meine Ernährung.

Max: Das klingt super. Dann versteckst du dich also nicht mehr in deiner Wohnung?

Lily: Abgesehen vom Laufen und von der Arbeit halte ich mich viel in meinen vier Wänden auf. Ich bin allerdings umgezogen und wohne nicht mehr am See, zu dem wir spazieren gegangen sind. In meiner Nähe ist jetzt ein Park, der allerdings auch einen

See hat. Dort finden aber Open-Air-Festivals statt, und es wird Beachvolleyball gespielt.

Max: Sag nicht, dass du Konzerte besuchst und Beachvolleyball spielst?

Lily: Nein, das wäre doch zu viel des Guten. Ich schaue gerne aus der Ferne zu und ziehe nach wie vor im Hintergrund die Strippen. Wie ist es denn bei dir? Auf welchen Bühnen spielst du?

Max: Ich bin auf der ganz großen Bühne zu Hause. Mein Vater ist in den Ruhestand gegangen, und ich habe die Agentur übernommen. Ich bin also der Art Director und habe die Verantwortung für vierunddreißig Untergebene.

Lily: Gratuliere! Mit zweiunddreißig Jahren schon Chef, das ist ja toll! Ich bin achtundzwanzig und habe weder Mann noch Kinder oder ein Haus.

Max: Höre ich da deine Uhr ticken? Wie sieht es denn mit deinem Liebesleben aus? Hast du weitere Erfahrungen mit Männern gemacht, die du online kennengelernt hast?

Lily: Das Online-Daten habe ich aufgegeben. Nach meinen Fehlversuchen dachte ich mir, ich versuche es einfach mal wieder mit Sex ohne Liebe. Das Gute am Arbeiten ist ja, dass man Kollegen hat, die ganz süß sein können. Der eine hat mir jedenfalls Hilfe beim Umzug angeboten und mir mit Einrichtungsvorschlägen geholfen. Vom Experten sozusagen. Äußerlich war er gar nicht mein Typ, ziemlich dick, und nachdem ich einige Kilos zugenommen hatte, weil ich für ihn zweimal am Tag eine warme Mahlzeit gekocht hatte, warf er mir doch tatsächlich mein Übergewicht vor.

Max: Eine Unverschämtheit! Wer im Glashaus sitzt, soll nicht mit Steinen werfen.

Lily: Ganz meine Meinung. Wir haben ein Jahr nebeneinanderher gelebt. Von Weihnachten bis Weihnachten. Auf Netflix gibt es so schöne Weihnachtsfilme, die haben wir in meinem gemütlichen Wohnzimmer geschaut. Als sich die Filme im nächsten Jahr dann wiederholten, hatte ich das Gefühl, mein Leben ist eine Dauerschleife, und ich möchte sie durchbrechen. Da habe ich Schluss gemacht.

Max: Und dann?

Lily: Dann hatte ich meine Wein-und-Pizza-Phase. Draußen war es kalt, mein Kamin brannte, und meine Wolldecke war flauschig.

Max: Du hattest also einen Tiefpunkt.

Lily: Nicht wirklich. Liebeskummer war es ja nicht, weil ich nicht verliebt gewesen bin. Ich habe in den Tag hineingelebt, war abgelenkt wegen der Arbeit und habe viel gelesen. Bis zum nächsten Weihnachten habe ich durchgehalten. Bei unserer Weihnachtsfeier in der Firma habe ich dann Erich kennengelernt. Diesmal stand er in Anzug und Schürze an meiner Stelle und hat gekellnert. Er studierte noch, war zwei Jahre jünger als ich und umwerfend.

Max: Also hattest du endlich Sex mit Liebe?

Lily: Soweit bin ich noch nicht, warte es ab. Er sah also umwerfend aus, war charmant und schenkte mir sinnliche Freuden, wie ich sie noch nicht erlebt hatte. Der Mann hat sich wirklich Mühe gegeben, mich glücklich zu machen. Dabei stellte sich jedoch heraus, dass er nicht in der Lage war, sich selbst glücklich zu machen. Er hatte Erektionsstörungen und keinen hochgekriegt. Das war ein Desaster! Irgendetwas ist immer.

Max: Aber weil du verliebt warst, bist du bei ihm geblieben.

Lily: Zehn Monate lang. Danach ging mir sein Charme total auf den Geist. Er hatte sich zwar um mich gekümmert, aber unterhalten konnten wir uns nicht.

Max: Was hast du nur all die Zeit ohne mich angestellt?

Lily: Ganz genau. Wo warst du?

Max: Gleich. Du hast dich also vor etwa zwei Monaten von Erich getrennt. Warum meldest du dich gerade jetzt bei mir?

Lily: Das ist einfach. Ich gehe nicht mehr zu meinem Psychotherapeuten. In der ersten Zeit war ich einmal pro Woche bei ihm, dann einmal im Monat und zum Schluss alle drei Monate einmal. Die Maßnahme haben wir auslaufen lassen, und ganz nach dem Motto: „Finde heraus, was du willst und lerne es einzufordern" – erinnerst du dich? – hat mein Psychotherapeut mich gefragt, wem ich jetzt aus meinem Leben erzählen werde. Und dabei fielst du mir ein. Und zu meinem Glück hast du auf meine E-Mail geantwortet.

Max: Zu meinem Glück hast du dich bei mir gemeldet. Mein Leben ist langweilig. Arbeit, Arbeit und Arbeit. Sport, Essen, Party und ab und zu ein Betthäschen. Aber nie zweimal dasselbe. Ich lebe unkompliziert.

Lily: Ich dachte, ein Mann müsste mit dreißig Jahren ein Haus gebaut, einen Sohn gezeugt und einen Baum gepflanzt haben?

Max: Das sind alte Traditionen. Ich bin modern, liebe die neueste Technik, und wie du weißt, bin ich mir selbst der wichtigste Mensch.

Lily: Da hat sich bei dir nicht viel geändert. Würde ich dich wiedererkennen?

Max: Ich denke schon. Ich bin der im Anzug mit dem großen Ego.

Lily: Wollen wir uns treffen und spazieren gehen?

Max: Darf ich dich zum Essen einladen?

Max: Zu früh?

Lily: Wir haben uns doch gerade erst wiedergefunden. Landschaft und du ist okay. Restaurant, viele Menschen, still sitzen und du ist mir zu viel.

Max: Einverstanden. Ich passe mich dir an. Dann komme ich zum Beachballfeld?

Lily: Super. Auch da ist ein Parkplatz. Ich schick dir die Adresse. Bis dann.

11.

Max: Das war sehr süß von dir, dass du sogar ein Picknick mitgenommen hast.

Lily: Essen ist doch immer was Schönes. Dabei kann man andere so gut aus der Ferne beobachten. Nicht so dicht an dicht wie im Restaurant.

Max: All die Hundebesitzer, Verliebte oder Einsame, die sich bewegen wollen.

Lily: Und die Matches beim Volleyball waren auch toll.

Max: Du bist toll. Sogar Sekt hast du mitgebracht. Warum keinen Champagner?

Lily: Den Sekt hatte ich noch im Kühlschrank. Und während ich den Picknickkorb gepackt habe, lief auf meiner Playlist ein uralter Song von 1991. Kennst du noch Salt 'n' Pepa?

Max: Klar. Let's talk about Sex, Baby.

Lily: Genau das Lied habe ich gehört und daran gedacht, dass ich dir von meinem Liebesleben erzählt habe. Und mit der Sektflasche in der Hand wurde es schnell zu Let's talk about Sekt, Baby.

Max: Wie soll es denn jetzt bei dir weitergehen mit der Liebe?

Lily: Ich kann es schließlich nicht erzwingen.

Max: Aber das Glück wird auch nicht an deine Tür klopfen, sondern du musst rausgehen und was unternehmen.

Lily: Du bist stur.

Max: Ich will nur das Beste für dich. Und für mich natürlich. Ich gehe gerne aus und probiere neue Restaurants aus. Wenn du also die Güte hättest, mich zu begleiten, könnten wir uns unterhalten wie bei dem Picknick und dabei Leute kennenlernen.

Lily: Uff. Ich sträube mich noch ein wenig dagegen, aber ich finde die Idee gut. Apropos. Es war mal eine gute Idee von dir selbst. Wofür macht ihr denn gerade Werbung?

Max: Müsli, Joghurt und einen Online-Handel. Alles ohne dich.

Lily: Das kann sich ja schnell ändern.

Max: Ich stell mir da eine Diskussion über ein Verhütungsmittel vor zu den Klängen von Salt 'n' Pepa.

Lily: Du bringst mich zum Lachen.

Lily: Weißt du, warum ich mich mit dir zum Essen verabrede?

Max: Weil ich so ein netter Kerl bin?

Lily: Weil mein Psychotherapeut mir empfohlen hat, mich langsam an Menschenmengen zu gewöhnen, indem ich vertraute Dinge unternehme. Wenn ich mit dir essen gehe, fühlt sich das gut und vertraut an.

Max: Also war der gestrige Abend okay für dich?

Lily: Ja. Mein Curry war zwar etwas zu scharf, aber dafür durfte ich deine Bällchen aufessen und du mein Curry.

Max: Diese Gruppe von Typen, die wir angesprochen haben, glaubten wohl, ich würde dich verkaufen wollen.

Lily: Ja, nicht wahr? Die arrangierte Ehe ist in Indien glaube ich immer noch aktuell.

Max: Wir konnten sie nicht davon abbringen, dich wie ein Objekt zu behandeln.

Lily: Dabei wollte ich sie nur kennenlernen und mich vielleicht mal alleine mit einem verabreden.

Max: Unsere Idee zum Thema Werbung für ein Mikroskop hat mir aber gut gefallen. Das Objekt wird unter das Okular gelegt, wobei es auf Präzision ankommt. Die Hand muss dabei so ruhig sein wie der Gleichgewichtssinn eines Seiltänzers. Fertig ist das Video, falls uns nun eine Firma für Laborgeräte beauftragt.

Lily: Und welches Restaurant besuchen wir nächste Woche?

Max: Wie wäre es mit mexikanisch?

Lily: Das war eine gute Idee. Meine Tacos waren sehr gut und deine Tortillas doch auch?

Max: Einwandfrei. Nur die Musik und die Trachten fand ich leicht nervig. Diese riesigen Hüte ...

Lily: Sombreros meinst du. Die schützen gegen Regen sowie Sonne. Vielleicht musst du mal für Regenkleidung oder Regenschirme Werbung machen. Dann kannst du doch einen Sombrero als Alternative anbieten.

Max: Die beiden Mädels, die du angesprochen hast, um ihnen meine Telefonnummer zu geben, dachten doch wahrhaftig, dass wir ein Paar wären. Für sie war es unvorstellbar, dass man nur befreundet sein kann.

Lily: Weil ich ja nie versuchen würde, dich in die Kiste zu kriegen ... zwinker, zwinker.

Max: Ich denke, du hast deine Versuche mit Sex ohne Liebe hinter dir?

Lily: Und du nimmst nur Schnecken mit zu dir, die du nur eine Nacht lang siehst.

Max: Eher nicht sehen. Ich dimme mein Licht ziemlich weit runter.

Lily: Dann könnte es dir ja egal sein, wie sie aussehen. Tut es aber nicht. Dir ist das Äußere wahnsinnig wichtig.

Max: Richtig. Zu jedem guten Anzug passt ein niedliches Kleidchen.

Lily: Was für eine Überraschung erlebst du eigentlich am Morgen danach, wenn die Schminke verwischt und die Haare verwuschelt sind?

Max: Das umgehe ich, indem ich vorher aufstehe, dusche, Zähne putze und ihnen Frühstück ans Bett stelle mit einem Zettel, auf dem ich ihnen einen guten Tag wünsche.

Lily: Du servierst sie eiskalt ab, Hut ab. Wenigstens gibt es einen Frühstücksservice. Was ist, wenn sie sich doch für ein zweites Mal bei dir melden wollen?

Max: Ich blockiere die Telefonnummer. Mich erreichen nur diejenige, von denen ich erreicht werden will.

12.

Lily: Erreicht dich meine E-Mail oder blockierst du mich?

Max: Dich doch nicht, my best friend.

Lily: Aus diesem Grund mache ich dir einen Vorschlag: Lass uns Freunde bleiben und Sex haben.

Max: Freunde bleiben sehr gerne, aber für mich ist Sex unverbindlich. Leicht zu kaufen und schnell vergessen.

Lily: Na gut, dann lass uns erneut essen gehen. Wohin dieses Mal?

Max: Wie wäre es mit chinesischer Küche? Das tut deinem Feng Shui gut.

Lily: Oh ja. Damit habe ich schon so einige Innenräume eingerichtet, um die verstockten Energien zu vertreiben. Und ich habe Hunger auf Ente süß-sauer.

Max: Meine Bratnudeln mit Hühnchen und Gemüse waren köstlich.

Lily: Lustig war ja, dass wir uns zum Teetrinken nach dem Essen einfach an den Tisch gesetzt haben, an dem die drei Jungs saßen. Die waren wirklich nett. Spielen in einer Fußballmannschaft, und einer von ihnen ist sogar Single.

Max: Hast du dir seine Nummer geben lassen?

Lily: Umgekehrt. Ich habe ihm meine gegeben. Das ist nicht so aufdringlich.

Max: Wie fühlst du dich dabei? Sind das zu viele Kontakte?

Lily: Da ich bisher eher Online-Kontakte oder welche von der Arbeit kenne, ist das neu für mich. Hilfreich bist du dabei, weil du das Eis brichst und die Leute ansprichst. Gut finde ich auch, dass ich schnell merke, ob mir jemand sympathisch ist oder nicht. Deswegen habe ich mich bei den Online-Dates ziemlich schnell mit den Typen verabredet.

Max: Ich meinte eher, ob du die Situation im Restaurant gut aushältst, weil du dich anfangs dagegen gesträubt hast.

Lily: Es ist eine sehr gute Übung für mich. Der Typ hat mich aber nicht angerufen, und es ist schon drei Tage her.

Max: Vergiss ihn. Er weiß gar nicht, was er verpasst. Ich bin die ganze Woche auf Geschäftsreise, melde mich zwischendurch aber.

Lily: Apropos verpassen. Falls du keinen wilden Sex mit einer deiner Kundinnen haben kannst. Ich habe gerade von Diana Gabaldon ihr Buch mit Kurzromanen „Outlander – Im Bann der Steine" gelesen. Darin beschreibt sie in der Geschichte „Die Stille des Herzens" eine ausführliche Sexszene. Vielleicht hast du ja Lust, das Buch zu lesen.

Max: Ich lese in der Tat nicht so gerne, sondern lass mir lieber vorlesen. Zu meinen Terminen und jetzt auf Geschäftsreise fahre ich gerne mit den öffentlichen Verkehrsmitteln, dabei entspanne ich mehr als im Auto, und ich kann Hörbücher hören.

Lily: Dann besorg dir auch gleich die Hörbücher von Nicolas Barreau „Das Lächeln der Frauen" sowie „Die Zeit der Kirschen". Die

Bücher hängen zusammen. Hör dir zuerst das Lächeln an, anschließend die Kirschen.

Lily: Hier bin ich also wieder alleine. Du bist unterwegs und ich traue mich alleine unter Leute. Heute habe ich einen vegetarischen Döner bestellt. Dabei habe ich nur mit dem Finger darauf gezeigt, was ich wollte und habe fünf Euro hingelegt. Ich glaube, jeder Sechsjährige hätte das besser gemacht.

Lily: Heute habe ich mir ein Tretboot gemietet und bin auf dem See ein wenig herumgeschippert.

Max: Toll! Du traust dich was. Redest du mit Leuten?

Lily: Kaum. Auf der Arbeit ist alles okay. Und in meinem Supermarkt schnacke ich manchmal mit der Kassiererin. Sie hat einen Kater und wohnt in einer Dachgeschosswohnung, die sehr warm wird. Dann schläft das Tier den ganzen Tag. Sie lässt ihn nicht raus, weil Nachbarn auf Jagd nach Katzen gehen.

Max: Ich bin bei Diana Gabaldon so weit gekommen, wie du wolltest. Es erschreckt mich, dass sie sich für eine andere ausgibt, um ihn rumzukriegen.

Lily: Aber er ist so dämlich und fällt darauf rein. Wenn ich mit dir zusammen bin, kann ich ganz ich selbst sein.

Lily: Wann bist du wieder in der Stadt? Ich dachte, wir probieren mal einen Thailänder aus. Ich habe im Internet gelesen, das Glück und Bescheidenheit zum Alltag gehören und dass Thailänder Konflikte vermeiden.

Max: Noch drei Tage. Bestell einen Tisch für Sonntag Mittag.

Lily: Waaaas? Ich soll da anrufen? Ich versuche möglichst wenig mit meinen Kunden zu reden und alles schriftlich zu besprechen.

Max: Dann mach es halt online.

Lily: Erledigt. Sonntag um 13 Uhr.

Max: Leo, Leo, bitte ganz schnell. Ich soll mir auf die Schnelle etwas für ein neues Produkt einfallen lassen. Ich habe absolut keinen Einfall. Hilf mir bitte!

Lily: Der erste Kaffee am Morgen vertreibt Kummer und Sorgen. Der vierte Kaffee am Tag verspricht dir alles, was er mag. Konzipiere eine Weihnachtsstimmung mit Wunschzettel.

Max: Genial. Danke. Wir sehen uns Sonntag.

Max: Wir haben uns Sonntag gesehen. Es war sehr schön und sehr lecker. Dein Papayasalat war gut und mein Phat Thai eine Wucht. Das beste Gericht bisher. Wir sollten uns zu Gourmet-Testern ausbilden lassen und inkognito essen gehen.

Max: Du schreibst nicht. Bist du enttäuscht, weil ich nicht mit zu dir hochkommen und keinen Kaffee trinken wollte?

Lily: Erraten. Du weist mich so oft zurück.

Max: Ich möchte dir nichts vormachen. Ich genieße die Zeit mit dir und schreibe dir gerne.

Lily: Und mehr empfindest du nicht? Du solltest endlich mal Nicolas Barreau als Hörbuch hören. Er schreibt herzerwärmend, und sie ist Köchin, und die Liebe geht durch den Magen, und wir gehen so häufig zusammen essen.

Max: Ich glaube nicht mehr an die Liebe. Weder auf den ersten noch auf den zweiten Blick. Ich denke, dass sich die Menschen etwas vormachen. In Deutschland wird eine von drei Ehen geschieden. Ich schätze, in den anderen beiden Ehen leben die Paare auch nur nebeneinanderher oder streiten sich viel zu oft.

Lily: Du bist viel zu pessimistisch. Welchen größeren Sinn sollte es im Leben geben als die Liebe? Gibst du dem Geld eine höhere Priorität? Alles Materielle ist wichtiger als das Emotionale?

Max: Meine Priorität ist die Arbeit, die Dinge, die ich mir mit meinem Verdienst kaufen kann und der Urlaub, den ich mir dadurch leisten kann.

Lily: Du bist ein hoffnungsloser Zyniker.

13.

Max: Sprichst du noch mit mir, obwohl ich ein Zyniker bin?

Lily: Muss ich wohl. Soziale Kontakte sind wichtig für mich. Durch dich erlebe ich mehr Aktionen, und ich fühle mich nicht so erschöpft. Wenn ich dir eine E-Mail geschrieben habe kann ich besser durchschlafen und mich bei der Arbeit leichter konzentrieren.

Max: Wie sieht es mit deinem Stress aus? Du sollst doch wenig Stress haben.

Lily: Es ist in Ordnung. Es gibt stressige Tage und weniger stressige Tage. Ich gönne mir zwischendurch viel Ruhe und Entspannung.

Max: Ja. Aber heute Abend gehen wir zum Indoneser. 18 Uhr. Ich schick dir die Adresse.

Lily: Das war so köstlich. Nasi Goreng mit Huhn und Mie Goreng mit Fisch waren eine Wucht. Wie gut, dass wir geteilt haben. Ich konnte mich gar nicht zwischen gebratenen Nudeln und Reis entscheiden. Ich bin heilfroh, dass ich vorher gegoogelt habe, wie man sich begrüßt.

Max: Ein sanfter Händedruck und danach die Hand zum Herzen führen. Und mit der rechten Hand essen. Die linke gilt als unrein.

Lily: Das war ein Erlebnis! Ich fand es etwas eklig, das Toilettenpapier in den Mülleimer und nicht in die Toilette zu werfen.

Max: Aber deswegen gleich eine Werbung für Badezimmereimer zu entwickeln, finde ich etwas gewagt. Der wird keinen Absatz finden.

Lily: Warum nicht? Mit einer Gummidichtung bei der Schwenköffnung als Vergleich zu einem Nudelglas ist doch richtig.

Max: Das eine hast du gegen das Eindringen von Feuchtigkeit, das andere soll gegen Gerüche helfen.

Lily: Und das Austreten von Feuchtigkeit. Entweder rein oder raus. Das ist doch das Gleiche. Aber darüber haben wir gestern Abend schon diskutiert und keine Einigung gefunden.

Max: Wie wäre es, wenn wir mal etwas anderes ausprobieren würden? Was würdest du gerne unternehmen? Was fandest du als Kind toll?

Lily: Karussell fahren. Schlitten fahren. Schlittschuh laufen. Rollschuh laufen.

Max: Da es kein Winter ist, sind wir eingeschränkt. Wie wäre es mit Inlinern?

Lily: Ich besitze keine, und sie anzuschaffen ist mir zu teuer. Wer weiß, wie oft ich damit fahren werde. Einmal den Feldweg rauf und runter für 120 Euro ist mir zu viel Geld.

Max: Dann schlage ich vor, wir besuchen eine Rollschuhhalle, wo wir uns Rollschuhe ausleihen können. Ich recherchiere für uns und gebe dir anschließend Bescheid. Wir werden mit meinem Auto fahren müssen dieses Mal. Ich hole dich ab.

Lily: Das war richtig gut. Und ich war richtig gut. Ich war mal besser als du. Du läufst einfach nicht so gut. Und das Parkticket konntest du auch nicht entwerten. Da musste ich dir helfen. Das hat soooo viel Spaß gemacht!!! Das will ich noch mal...

Max: Wird gemacht. Aber zuerst bin ich dran. Ich überlege mir, was ich als Kind gerne gemacht habe. Eigentlich war ich nur an Technik interessiert und habe Computerspiele gespielt. Warte mal ... Mein Lieblingsspiel war Tomb Raider, weil Lara Croft so super aussieht. Große Augen, großer Busen ... Lass uns das spielen. Da musst du aber mal zu mir kommen.

Lily: In deinen Palast? Ich werde vor Ehrfurcht erblassen.

Lily: Aber es hat sich gelohnt. Du wohnst schön. Die Bewirtung war ausgezeichnet, nur an Computerspielen werde ich wohl nie so viel Freude entwickeln, wie du sie hast. Aber es war ein wirklich schöner Abend.

Max: Jetzt bist du wieder dran.

Lily: Mal überlegen. Ich mag Schnee und Weihnachten wirklich gerne. Plätzchen backen ist wunderbar. Lass uns Kekse backen, das geht das ganze Jahr über. Ich suche uns ein nicht-weihnachtliches Rezept aus. Irgendetwas Feines wie Teegebäck oder so was.

Max: Da musst du dich noch eine Woche gedulden, denn ich bin wieder auf Reisen. Ich habe erst nächsten Sonntagnachmittag Zeit.

Lily: Du möchtest den Sonntagnachmittag mit mir verbringen? Warum nicht gleich die Sonntagnacht?

Max: Du kennst meine Antwort. Die Nächte verbringe ich ausschließlich mit einmaligen Gelegenheiten. Dir schenke ich einen Nachmittag ...

Lily: Damit bin ich auch vollends zufrieden. Gute Reise.

Lily: Wieder einmal vertreibe ich mir die Zeit, um dir eine E-Mail zu schreiben. Was ist in den letzten Tagen passiert? Ich helfe gerne älteren Menschen. Neben mir wohnt wieder eine alte Frau, die alleine ist. Du wirst es nicht glauben, aber ICH bin jetzt ihr Technikberater. Ich! Ich kann es zumindest besser als sie selbst. Ich habe ihr eine neue Druckerpatrone eingewechselt, die Post von der Bank erklärt und eine App eingerichtet.

Max: Da warst du ja wieder einmal richtig gut. Prima.

Lily: Nur noch vier Tage bis Sonntag.

Lily: Nur noch drei Tage bis Sonntag.

Lily: Nur noch zwei Tage bis Sonntag.

Lily: Einmal werden wir noch wach – heißa dann ist Max wieder da!

Max: Das Backen war lustig. Ich hätte nicht gedacht, dass es Spaß macht, etwas selbst herzustellen, was ich für 3,50 Euro in jedem Laden kaufen kann. Und was noch besser ist ...

Lily: Ja?

Max: Jetzt darf ich wieder aussuchen, was wir tun. Und ich erledige gerne Büroarbeiten. Ich biete dir hiermit an, dir deine Steuererklärung zu machen. Was sagst du dazu?

Lily: Ich bin begeistert, bin hin und weg, einfach fantastisch ist das ...

Lily: Was darf ich denn in der Zwischenzeit machen?

Max: Du darfst die Vorarbeit erledigen, alle Quittungen zusammensuchen, deine Fahrwege aufschreiben, die Belege finden, die wir brauchen – aber dann – während ich arbeite darfst du mir zusehen und Wein trinken.

Lily: Das klingt ja alles, als hätte ich den Jackpot im Lotto gewonnen.

Max: Da kannst du mal sehen.

14.

Max: Warum meldest du dich nicht?

Max: Nun sind schon neun Tage ohne Reaktion von dir vergangen.

Max: Ich habe zwar eine große Geduld und Ausdauer, aber du fehlst mir schon. Soll ich etwa mit roten Rosen auf einem Schimmel bei dir vorbeigeritten kommen?

Lily: Das wäre lustig. Ja.

Max: Was ist denn los?

Lily: Ich bin seit zehn Tagen krankgeschrieben und ertrage niemanden um mich herum.

Max: Warum denn? Wir hatten doch so eine gute Zeit?

Lily: Alles lief so gut, doch es kann immer wieder zu Rückschlägen kommen. Ich komme auf der Arbeit nicht so gut zurecht, fühle mich immer schlechter als die anderen.

Max: ...

Lily: Ich schlafe schlecht, komme morgens nicht aus dem Bett.

Max: Du hast doch gesagt, dass du gut schläfst, nachdem du mir geschrieben hast. Warum hast du mir nichts mehr erzählt?

Lily: Ich erlebe nichts mehr.

Max: Damit kann ich ehrlich gesagt nicht gut umgehen. Ich biete dir an, dass wir etwas zusammen unternehmen. Lass uns Rollschuh laufen.

Lily: Bin nicht in Stimmung.

Max: Kekse backen. Oder einen ganzen Kuchen. Ich back dir einen Kuchen.

Lily: Ich esse schon genug Schokolade.

Max: Lass mich etwas für dich tun.

Lily: Ich will nicht.

Max: Dann bleibe ich eben hartnäckig. Lass mich nachdenken.

Lily: Nachdenken gehört nicht zu deinen Stärken.

Max: Aber Aktionen sind meine Stärken. Was ist mit einer Filmnacht? Du liebst Filme.

Lily: Aber nicht, wenn du sie aussuchst. Ich ertrage Frodo in „Der Herr der Ringe" nicht.

Max: Was würdest du stattdessen aussuchen?

Lily: Ich muss erst meine Wohnung aufräumen und putzen. Komm in zwei Tagen vorbei und bring etwas zu essen mit. Bis dahin habe ich einen Film ausgesucht.

Max: Schreibst du mir zwischendurch? Ich habe eine Kampagne laufen und bräuchte dringend deine Hilfe …

Lily: Worum geht es?

Max: Ein Tiefkühl-Fertiggericht mit ganz viel Gemüse und frischem Hühnchenfleisch.

Lily: Eine Frau hängt depressiv in ihrem Sessel vor dem Fernseher in einer zugemüllten Wohnung, bekommt aber ein Strahlen ins Gesicht, wenn das Essen aus der Mikrowelle kommt.

Max: Alles klar, ich weiß, was ich dir mitbringe.

Lily: Das war gut, dass du da warst. Endlich hatte ich einen Anlass, mich aufzuraffen. Und wie hat dir der Film gefallen?

Max: Der Titel ist Banane. „Woher weißt du, dass es Liebe ist?" Die Schauspieler sind großartig. Und Paul Rudd ist ein guter Juniorchef, deswegen fand ich es interessant. Liebeskummer kenn ich ebenfalls. Deswegen hat es mir gut gefallen, wie sie damit umgegangen sind. Am Ende siegt die Intuition.

Lily: Nein. Am Ende siegt die Liebe.

Max: Und woher wusste sie, dass er sie liebt?

Lily: Sag du es mir.

Max: Sie weiß es, weil er es ihr sagt und Dinge tut, die nur Verliebte tun.

Lily: Und warum liebt sie ihn?

Max: Weil er monogam ist und sie über seine Arbeit stellt.

Lily: Find ich gut. Du nicht?

Max: Ist Arbeit nicht immer wichtig?

Lily: Aber wichtiger als die Liebe? Essen und Luftholen sind essenziell. Auf Toilette gehen ist wichtig. Aber Arbeit?

Max: Du findest es wichtiger, auf die Toilette zu gehen als Geld zum Leben zu haben?

Lily: Ich sage nur, was essenziell ist. Alles andere ist Ansichtssache.

Max: Wenn du keinen Respekt vor dir selbst hast, wie kannst du dann erwarten, dass ein anderer dich respektiert?

Lily: Ich respektiere mich und meine Art zu leben. Aber mein Umfeld akzeptiert es nicht, dass ich nicht alles danach ausrichte, Geld zu verdienen, in den Urlaub zu fahren und die Sonne anzuhimmeln. Ich liebe nun mal schlechtes Wetter und Schnee.

Max: In der Pubertät respektierst du nur deinen eigenen Weg. Erst später merkst du, dass es verschiedene Arten gibt, voranzukommen. Es gibt Gehen, Laufen, Kriechen, Schleichen, Stolzieren und vieles mehr.

Lily: Und du stolzierst so durch dein Leben?

Max: Und komme wunderbar damit zurecht. Wie gut kommst du zurecht?

Lily: Na ja, ich habe Selbstzweifel. Bin aber froh, kein Pfau zu sein und komme zurecht, weil du an meiner Seite bist. Ich bin der Ansicht, Menschen brauchen Menschen.

Max: Und ich dachte bisher, ein Mensch genügt sich völlig alleine.

Lily: Und was denkst du jetzt?

15.

Max: Ich denke, dass ich normalerweise genau an diesem Punkt unseren Kontakt beenden und dir nicht mehr schreiben würde.

Lily: Dann wäre ich sehr traurig und würde mich in meiner Wohnung verkriechen.

Max: Ich weiß. Aus diesem Grund kümmere ich mich weniger um weitere Fortbildungen für mich und nicht um die neueste Technik und werde mir keine neuen Geräte anschaffen, sondern mich darum kümmern, dich zum Laufen zu bringen.

Lily: Ich geh doch jeden Morgen joggen.

Max: Ich meinte das eher metaphorisch, als wärst du eines meiner alten Lieblingsgeräte, das nicht mehr funktioniert. Anstatt mir ein neues zu kaufen, reparier ich dich.

Lily: Du willst mich reparieren?

Max: Nun sei doch nicht so schwer von Begriff. Ich werde meine Arbeit ein wenig zurückstellen und dich besuchen kommen. Was möchtest du machen?

Lily: Du würdest wegen mir weniger arbeiten?

Max: Sag ich doch. Was wollen wir unternehmen?

Lily: Ich schreibe uns eine Liste.

Max: Du liebst es, Listen zu schreiben, und mit dem Internet kommst du doch auch gut klar.

Lily: Hat etwas gedauert, aber voilà:
1. Beim Beachvolleyball zuschauen.
2. Einen Spaziergang zu unserem alten See bei meiner alten Wohnung machen.
3. In den Wald fahren, dort gibt es einen Streichelzoo für Waldtiere.
4. Einen ganzen Tag am Meer, wenn du dir das einrichten kannst.
5. Ein paniertes Schnitzel mit Pommes essen.

Max: Perfekt. Das hast du ja gut durchdacht. Vom Nahen in die Ferne. Vom Vertrauten zum Ungewohnten. Von wenig bis zu vielen Leuten.

Lily: Weißt du, was mir heute passiert ist? Ich habe dir noch gar nicht erzählt, dass ich wieder zur Arbeit gehe. Dort hatte ich meine Stiefel zum Rock an, in denen ich mir leider eine Blase gelaufen habe. Aber ich bin trotz der Blase am Hacken laufen gegangen.

Lily: Mich hat eine junge Frau gegrüßt, obwohl sie gerade mit Airpods im Ohr telefoniert hat.

Max: Du kennst Airpods?

Lily: Nur weil ich nicht technikaffin bin, bin ich nicht weltfremd.

Max: Nur weil du nicht in den Urlaub fährst, würdest du nicht ausländisch essen gehen.

Lily: Richtig. War es schlimm, dass ich kein Picknick zum Beachvolleyball mitgebracht habe?

Max: Ganz und gar nicht. Die Currywurst vom Kiosk war doch ganz lecker. Es war wenig los, und deine Pommes dazu hattest du schon mal als Vorgeschmack wegen des Schnitzels am Ende deiner Liste.

Lily: Was ist nur, wenn die Liste abgearbeitet ist?

Max: Ich könnte sie ergänzen:
6. Ein Museum deiner Wahl besuchen.
7. Einen Apple-Store meiner Wahl besuchen.
8. Karussell fahren im Freizeitpark.

Lily: Das hast du dir gemerkt? Ich bin beeindruckt.

Lily: Heute habe ich eine Frau gesehen, die einen Schäferhund UND einen Husky gleichzeitig ausgeführt hat. Die Hunde haben ganz schön an der Leine gezerrt.

Max: Du siehst viele Hundebesitzer.

Lily: Ja. Auch Eltern mit Kinderwagen, aber da gibt es nicht viel zu erzählen. Die Eltern schieben meist müde oder lustlos, manchmal mit einer Zigarette im Mund oder ihrem Telefon in der Hand, den Wagen vor sich her.

Lily: Was hältst du davon, dass Eltern im Beisein ihrer Kinder im Auto rauchen?

Max: Ich bin mir ziemlich sicher, dass das gesetzlich verboten ist.

Lily: Treffen wir uns heute um 17.30 Uhr beim Parkplatz?

Max: Wird gemacht. Freu mich auf dich.

Max: Jetzt weiß ich, warum du so viel von Hundebesitzern erzählst. Unbeschreiblich, wie viele wir davon getroffen haben.

Lily: Ja. Und weißt du, dass es viele depressive oder alte Menschen sind, die sich einen Hund anschaffen, damit sie sich regelmäßig an der frischen Luft bewegen?

Max: Wir haben sogar deine ehemalige Nachbarin getroffen, die damals den Brand in ihrer Wohnung hatte.

Lily: War schön, alte Bekannte zu treffen. Es ist doch gut, unter Leute zu gehen.

Max: Aber als Nächstes möchtest du lieber Tiere treffen. Warum?

Lily: Ich mag Wald und Tiere. Dort kann man Tierfutter kaufen und sie füttern. Das ist doch wunderbar. Magst du so was nicht?

Max: Tiere füttern? Ich habe im Garten ein Vogelhäuschen und lege dort Nüsse aus. Aber Futter auf der flachen Hand einem mir unbekannten Wesen hinzuhalten ist nicht so meins.

Lily: Dann bist du nie geritten und hast dir ein Zuckerstückchen von einem warmen Pferdemaul von der Hand fressen lassen?

Max: Ich habe es bei dem Streichelzoo ausprobiert, und es hat mir gefallen. Nicht, dass ich es häufig wiederholen müsste. Aber es war in Ordnung.

Lily: Mir geht es viiiiel besser als noch vor drei Wochen.

Max: So soll das ja auch sein. Ich nehme mir auch gerne die Zeit für einen Tag am Meer, aber das geht erst am letzten Wochenende im September, also in zwei Wochen.

Lily: Das macht nichts. Ich weiß ja, dass du dein Versprechen einhalten wirst. Dann werde ich bis dahin viele Weihnachtsfilme schauen.

16.

Max: Du schaust dir im September Weihnachtsfilme an? Bist du verrückt?

Lily: Auf Netflix gibt es eine große Auswahl schon seit August. Hast du nicht die Lebkuchen im Supermarkt gesehen? Alle Welt wartet auf Weihnachten.

Max: Das stimmt so nicht. Alle Welt beschwert sich, dass es seit August Weihnachtsartikel zu kaufen gibt.

Lily: Ich kenne jemanden, der bringt zum Grillen im August Lebkuchen mit.

Max: Du isst Lebkuchen im August und schaust Weihnachtsfilme im September?

Lily: Genau. Weil ich diese besinnliche Atmosphäre genieße. In den Weihnachtsfilmen gibt es nicht nur wunderschöne Deko, die ich aus beruflichen Gründen hinreißend finde, sondern es gibt immer ein Happy End nach wenig Drama. Ein Konflikt wird meistens nur kurz umrissen, stört das Ambiente also nicht. Es blubbert wie ein Käsefondue leise vor sich hin.

Lily: Was dich vielleicht eher interessiert, falls du auf Autos stehst: In Weihnachtsfilmen werden ganz häufig Audis gefahren, genauso wie in Marvel-Filmen.

Max: Du hast einen Knall.

Lily: Lass mich nur machen. Es geht niemanden was an, was ich esse oder im Fernsehen schaue. Ich mache das, was mir gefällt.

Max: Hat dir das dein Psychotherapeut gesagt?

Lily: Er hat gesagt, dass ich herausfinden soll, was ich gerne mag und es dann tun. Interessen, Hobbys, Essen, Leute.

Max: Leute?

Lily: Leute, die ich gerne mag, die treffe ich. Leute, die ich nicht treffen muss, weil ich sie nicht mag, die meide ich halt. Die einzige Ausnahme ist die Arbeit. Mit Kollegen und Kunden muss ich auskommen.

Max: Aber Kollegen und Kunden sind meistens keine Freunde, die du gut kennst. Die kannst du auf Abstand halten. So mach ich das jedenfalls.

Lily: Was du noch gut machst, ist dich mit Apple-Produkten auszukennen. Aber ich bin technisch auch keine Niete, und zwar wenn es um Handwerk oder Fahrradreparaturen geht. In meinem Beruf ist es wichtig, dass ich hier und da handwerklich tätig bin. Letztes Jahr bin ich einem weißhaarigen Mann mit Fahrrad begegnet, dem die Kette abgesprungen war. Der Mann verstand zwar kein Wort Deutsch, konnte mich aber verstehen und mir folgen, als ich die Kette wieder auf das Zahnrad gelegt habe.

Max: Erfolgserlebnisse sind immer großartig.

Lily: Und wohin fahren wir ans Meer?

Max: Wohin möchtest du denn? Du bist doch mittlerweile das Organisationstalent.

Lily: Ich würde gerne nach St. Peter-Ording fahren. Dort bin ich bereits mit einer Freundin gewesen. Der Wind fegt zwar über den breiten Strand, aber es gibt einen sehr langen Steg über den Sand und ein Restaurant direkt am Meer.

Max: Darauf warten wir noch neun Tage. Meine Arbeit vergeht wie im Flug, weil ich ständig an unseren Ausflug denken muss.

Lily: Darf ich dir bei deiner Arbeit behilflich sein? Welches Projekt habt ihr zurzeit?

Max: Uns fehlt ein Einfall für eine Taschenuhr, die an einer Kette hängt. So ein Ding, das früher Gentlemen mit Schiebermütze und Karohosen getragen haben.

Lily: Nostalgie also. Lass mich überlegen. Ich hänge der Vergangenheit nach und habe Sehnsucht nach etwas Vergangenem. Ich stelle mir also vor, was war in meiner Jugend gut, welchen Geschmack verbinde ich damit. Bei mir ist das definitiv Kiba. Und bei dir?

Max: Im Ernst? Du willst einen Gentleman Kiba trinken lassen? Passt da nicht eher ein alter Whiskey?

Lily: Der Herr darf gerne an seinem Whiskey nippen, doch die Frau trinkt Kiba durch einen Strohhalm und bewundert die Taschenuhr.

Max: Ob das eine Zukunft hat, wage ich zu bezweifeln. Ich werde sie aber unserem Projektleiter vorstellen.

Max: Deine persönliche Zukunft sieht jedenfalls rosig aus. Als ich dich kennenlernte, warst du erfolglos in deinem Studium. Dir erschien alles zu schwer und zu grau.

Lily: Typische negative Gedanken hatte ich aber nicht. So wie jetzt. Wir haben September, es regnet viel, aber ich finde das

Laub herrlich gelb und rot. Der Rasen sieht zwar verdorrt aus, deswegen muss er aber auch weniger gemäht werden.

Max: Deine Gedanken kreisten zwar, und du konntest nicht schlafen, warst aber nicht appetitlos.

Lily: Leider ...

Max: Jedenfalls sieht heute alles rosig aus. Falls ich eine Veränderung an dir wahrnehmen würde, dann würde ich dich sofort zum Arzt schicken. Manchmal helfen nur Medikamente.

Lily: Die Psychotherapie hat bei mir ebenfalls Wunder bewirkt. Hören wir auf, von mir zu sprechen.

Max: Bei mir passiert aber nicht so viel wie bei dir. Ich glaube, ich bin ein Kaffee-Junkie geworden.

Lily: Haha. Ein aufregendes Detail. Zittern deine Hände schon?

Max: Mein Herz rast eher.

Lily: Das tut es doch sicherlich aus einem anderen Grund. Hast du eine attraktive Blondine um dich herum?

Max: Keine in Sicht. Ich dachte ja mal, wenn ich Chef bin, würde ich täglich mit E-Mails bombardiert werden von Frauen, die sich für mich ausziehen, mich heiraten oder Babys von mir wollen.

Lily: Oh nein. Dein Traum ist also nicht wahr geworden?

Max: Ich bin desillusioniert. Nun habe ich nur E-Mailverkehr mit einer verrückten Tante, die im Keller leben wollte.

Lily: Immerhin hast du Verkehr.

Lily: Den Keller habe ich mir schon lange abgeschminkt. Nichts geht über den dritten Stock mit Aufzug. Mich machen aber oft die zwanzig Sekunden, die der Fahrstuhl braucht, schon rasend.

17.

Max: Rast du wie ein Stier durch deinen Fahrstuhl?

Lily: Nein, bin platt nach einem langen Arbeitstag. Wann fahren wir ans Meer?

Max: Noch fünf Tage.

Lily: Ich kann es kaum erwarten. Ich halte es nicht aus. Ich habe mich mit meiner Freundin verabredet, wir wollen eine Wanderung durch den Wald machen. Richtig mit Wanderweg und Karte und allem.

Max: Das hört sich spitze an. Mach das. Ich sitze hier fest, zwischen Meetings, Kaffee und Essen im Stehen. Wir arbeiten wieder die ganze Nacht durch.

Lily: Ich kann mit meinen Nächten was Besseres anfangen.

Max: Wie war es mit deiner Freundin?

Lily: Es war ein richtig schöner Tag. Wir haben uns im Wald verirrt, mussten andere Wanderer nach dem Weg fragen, weil wir die Karte nicht lesen konnten, aber wir hatten unseren Spaß und eine wirklich gute Unterhaltung. Sie ist seit vier Jahren mit ihrem Freund zusammen, und es passt richtig gut. Alles ist harmonisch. Sie bringen sich noch zum Lächeln, und darum geht es in der Liebe, oder?

Max: Lächeln? Ja, das auch.

Lily: Da gilt noch der Eid: in guten wie in schlechten Tagen.

Max: Das ist doch schön.

Lily: Da heißt es noch: füreinander da sein.

Max: Da sein. Ich bin für dich da.

Lily: Ich weiß. In zwei Tagen sehen wir uns.

Lily: Aber es wäre schon schön, wenn wir Händchen haltend durch die Gegend liefen.

Max: Du bist hoffnungslos romantisch und träumst davon, dass du für jemanden die wichtigste Person bist und an erster Stelle stehst?

Lily: Bei dir zumindest hat die Arbeit Priorität.

Max: Aber ich gehe nur deinetwegen spazieren, normalerweise hasse ich das sinnlose durch die Gegend Marschieren.

Lily: Aber es ist doch so schön, dabei alle Welt zu grüßen, die man nicht kennt.

Max: Ganz genau. Und von fremden Hunden beschnüffelt zu werden, die von ihren Herrchen frei laufen gelassen und nicht zurückgepfiffen werden.

Lily: Im Streichelzoo warst du von zahmen Tieren doch ganz angetan.

Max: Die waren eingezäunt. Ich war nur deinetwegen da.

Lily: Weil du dich ansonsten hinter deiner Technik versteckst! Da wäre deine Mutter aber froh, weil ich dich mal an die frische Luft locke.

Max: Lass meine Mutter aus dem Spiel.

Lily: Okay. Okay. Ich bin froh, dass ich dich aus deinem Mief hervorgeholt habe.

Max: Mein Büro ist wunderbar klimatisiert und hat ein Duftbäumchen.

Lily: Jetzt klingst du wie eine zickige Primadonna. Soll ich dir ein Tutu besorgen?

Max: Du bist die Einzige, die mich von null auf hundertachtzig bringt.

Lily: Was das wohl zu bedeuten hat …

Max: Was meinst du?

Lily: „Holding out for a Hero" von Bonnie Tyler.

Max: Wie bitte? Du bist nicht nur mit Cary Grant, sondern auch mit Bonnie Tyler aufgewachsen?

Lily: Was soll ich da sagen? Ich habe nur von den Besten gelernt …

Max: Hast du denn früher gerne gelernt? Also ich war eher Durchschnitt.

Lily: Ich auch. Schule war nichts, was besonders Spaß gemacht hat. Außer die Pausen.

Max: In der Oberstufe haben sich bei uns einige Lehrer richtig ins Zeug gelegt und wollten unsere Kumpel sein.

Lily: Das fing bei uns schon in Klasse 7 an, als wir zum Auslandsjahr nach Frankreich gefahren sind und ein Mädchen hat sich unserem Lehrer auf den Schoß gesetzt, der uns das Du angeboten hat.

Max: Das macht man eher in der Oberstufe.

Lily: Sich den Mädels auf den Schoß setzen?

Max: Nee. Eher das Du anzubieten.

Max: Ganz ehrlich. Die waren doch cool.

Lily: Die Mädels?

Max: Nee. Die Lehrer.

Lily: Im Nachhinein schon. Lehrer sind eigentlich sehr cool. Das siehst du als Schüler meistens nicht.

Max. Das stimmt.

Lily: Ich freu mich auf morgen und auf unseren Ausflug.

Max: Ich mich auch. Ich hol dich um 10 Uhr ab. Ist das okay?

Lily. Das ist perfekt. Bis dann.

18.

Lily: Mir hat deine Playlist im Auto gefallen.

Max: Ich lasse sie dir irgendwann zukommen. Kein Problem.

Lily: Und ich hätte nicht gedacht, dass du so vorausschauend fährst. Ich hatte erwartet, dass du mit 200 km/h über die Autobahn bretterst.

Max: Ich muss gestehen, dass ich das gerne tue, aber nicht mit einer solch kostbaren Fracht. Außerdem ist auf der Strecke fast durchgehend eine Geschwindigkeitsbegrenzung.

Lily: Alles in allem also ein erfolgreicher Ausflug.

Max: So ist es.

Lily: Wir haben alles so gemacht, wie ich damals mit meiner Freundin. Das Parken bei der Therme. Der lange Steg. Kaffee und Kuchen direkt am Meer. Der Strandkorb, der nichts kostet. Die bloßen Füße im Meer. Gut, dass ich ein Handtuch mitgenommen hatte.

Max: Gib es ruhig zu: Du hast mich kilometerlang den Strand rauf- und runtergejagt. Du kennst dich aus. Auf dem Hinweg gegen den Wind, und auf dem Rückweg hatten wir den Wind im Rücken.

Lily: So macht man das am Meer. Genauso wie man sich auch kurz in den Sand setzt, um ein Buch zu lesen.

Max: Ich bin soweit, um mit dir über Nicolas Barreau zu reden. Ich habe beide Bücher vor Wochen schon gehört und mich interessiert, was dir am besten gefallen hat.

Lily: Dass sie ein Lesezeichen haben! Und ein Happy End! Und dass sie in Paris spielen, der Stadt der Liebe, denn nur ein Franzose kann so gut über Liebe schreiben.

Max: Ja, das finde ich auch. Endlich mal ein männlicher Autor, der so gut über die Liebe schreiben kann.

Lily: Abgesehen von Daniel Glattauer. Männer lesen doch lieber Krimis, Science Fiction oder Historienromane. Deswegen auch Diana Gabaldon. Aber zurück zu Nicolas Barreau. Wie findest du das erste Buch?

Max: In Aurélie verliebt sich der Leser gleich, und er leidet mit ihr, weil sie vollkommen verarscht wird.

Lily: Dafür ist im zweiten Buch André der Leidtragende mit seiner Eifersucht.

Max: Ich konnte mich so gut in ihn einfühlen. Und weißt du was? Das waren die besten Bücher meines Lebens, sie haben mich verändert. Ich fühle mich nicht mehr betrogen und verletzt und vorm Altar stehen gelassen. Ich habe das Gefühl, einer Frau wieder vertrauen zu können. Genau genommen nur einer Frau, das bist du.
Bis heute dachte ich, ich wäre derjenige, der dir Halt gibt und dich bei deiner Depression unterstützt. Aber ich kann mir ein Leben ohne dich nicht mehr vorstellen. Ich brauche dich mehr als du mich. Du meisterst deine Handicaps so toll, dafür bewundere ich dich.

Lily: Wollen wir nicht nur den Sonntagnachmittag miteinander verbringen, sondern auch die Sonntagnacht?

Max: Ja. Unbedingt.

Zehn Jahre später

19.

Max: Leo, bitte lass uns wieder E-Mails schreiben so wie früher. Es ist zwar zehn Jahre her. Unsere täglichen Telefonate reichen mir aber nicht mehr, besonders nicht wie jetzt, da ich auf Geschäftsreise bin. Ich dreh noch durch. Du und die Kinder, ihr fehlt mir so. Aber das Schlimmste ist, dass ich keine anderen Menschen außer euch ertrage. Was soll ich tun? Leo?

Lily: Armer Schatz! Du musst doch nicht viel tun. Lass doch die anderen reden und instruiere sie schriftlich. Du bist doch der Chef, der Art Director. Alle tun, was du sagst. Und reden musst du doch nur, wenn es wichtig ist. Verschanz dich hinter deinem iPad mit Airpods in den Ohren und lächele. Nur noch drei Tage, dann bist du wieder zu Hause.

Max: Was macht ihr denn so? Und danke für deine hilfreiche Antwort.

Lily: Wir lassen es uns gut gehen, hören „Käpt'n Sharky" und lesen die Bücher von Astrid Lindgren.

Max: Wie geht es Anton in der Schule?

Lily: Na ja, sechs Jahre alt zu sein und ADHS zu haben ist bestimmt kein Zuckerschlecken. Aufmerksamkeitsdefizit-Hyperaktivitätsyndrom. Noch schafft er es ohne Tabletten. Ich halte guten Kontakt mit seiner Klassenlehrerin, der es damit nicht so gut geht.

Max: Warum geht es ihr nicht gut? Anton hat doch das Problem.

Lily: Ein Problem mit Auswirkungen auf seine Umgebung. Er ist ja nicht der einzige Erstklässler, der nicht lange stillsitzen und weder lesen noch schreiben kann. Ich versuche, zu Hause viel aufzufangen. Deswegen arbeite ich ja auch noch nicht wieder in meinem alten Job im Innenarchitekturbüro, obwohl Felicitas bereits zwei Jahre alt ist. Ich könnte sie in einem Kindergarten betreuen lassen, doch wir haben uns entschieden, sie erst mit drei dorthin zu geben, damit ich möglichst viel Zeit zu Hause bin und das erste Schuljahr von Anton auffange.

Max: Ja, du bist ein Schatz, dass du das machst, obwohl du noch mit deinen postnatalen Depressionen zu kämpfen hast. Was macht dein Laufen?

Lily: Gar nichts. Wenn du nicht auf die Kinder aufpasst, muss ich zumindest Feli mitnehmen. Also fahre ich Inliner und schiebe sie dabei im Kinderwagen. Da aber meistens Anton mitkommt, kommen wir nur langsam voran. Was ist mit dir? Hat dein Hotel ein Fitnessstudio?

Max: Ja, der Sport- und Wellnessbereich ist hier ausgezeichnet. Habe ein schlechtes Gewissen, weil ich alles alleine machen kann.

Lily: Aber du bist doch Einzelkämpfer. Erträgst du denn die Menschen beim Sport?

Max: Schrecklich! Die meisten wollen ständig Smalltalk halten, über ihre Fortschritte berichten und hinterlassen alles völlig verschwitzt ohne zu desinfizieren.

Lily: Ich schmunzel. Da musst du ja mal richtig putzen, wenn du alles für dich sauber hältst. Was hast du gegen Smalltalk? Lass sie reden. Die meisten wollen eh nur von sich erzählen. Hör zu.

Max: Mich interessiert das aber nicht.

Lily: Aber wenn ich dir von meinen Erlebnissen mit Hundebesitzern, Nachbarn und anderen Eltern berichte, hörst du doch interessiert zu.

Max: Ja, weil du daraus eine schöne Geschichte bastelst. Die Leute, denen ich begegne, wollen mich immer mit irgendeiner Kleinigkeit beeindrucken, die mich aber völlig kalt lässt.

Lily: Hahaha, entschuldige, dass ich lache. Aber ich schicke dir gleich ein Video von der Flens-Werbung auf dein Handy. Vier Männer bleiben völlig unberührt von schönen Frauen, die viele Fremdsprachen kennen und behalten einen kühlen Kopf. Ein kühles Flens für einen kühlen Kopf. Sture Typen wie du.

Max: Wenn ich jedes Mal ein Flens trinken soll, wenn mich Leute nerven, wäre ich den ganzen Tag betrunken.

Lily: Nein, du sollst meinetwegen stur sein, aber ein Quäntchen Gelassenheit wäre nicht schlecht.

Max: Seit wann darf ich stur sein? Du sagst mir doch immer, dass ich nicht so dickköpfig sein soll.

Lily: Lass uns nicht streiten. In zwei Tagen bist du zurück. Was möchtest du am Wochenende tun?

Max: Also ich werde noch viel im Homeoffice arbeiten und mich nachbereiten müssen.

Lily: Abgesehen davon. Grummel.

Max: Mir würde es gefallen, wenn wir zu Luigi gingen. Dieses Mal zu viert, weil ich nicht ohne die Kinder sein will. Und für Anton ist es ja ein Training, fünfundvierzig Minuten stillzusitzen, wenn wir ihn mit Malen und Essen ablenken.

Lily: Dann reserviere ich bei unserem Stammitaliener. Kommst du mal mit auf eine Inlinertour? Das können wir auch zu viert machen. Oder wir fahren zum Streichelzoo, das magst du doch mittlerweile ganz gerne. Besonders, weil es diese Flugschau gibt. Gib zu, dass du es toll findest, wenn dir ein Adler auf dem Arm sitzt.

Max: Ja, ich gebe zu, das finde ich beeindruckend. Wer hätte nicht gerne eine Spannweite von bis zu drei Metern und messerscharfe Augen, die ihre Beute aus großer Höhe erblicken, während sie die Aufwinde für ihre Flugmanöver nutzen?

Lily: Das hast du mal wieder messerscharf erkannt.

Max: Morgen sehen wir uns wieder. Ich freue mich so sehr, dass ich heute sogar einen Smalltalk von mir aus begonnen habe, weil ich so gute Laune hatte.

Lily: Gute Laune zu haben ist wichtig. Das weißt du doch als mein früherer Motivator.

Max: Bin ich das jetzt etwa nicht mehr? Wer erinnert dich denn daran, das Haus in Ordnung zu halten und viel an der frischen Luft zu sein?

Lily: Ja, ja, ohne dich wäre ich ein Nichts :-)

Max: Lass mich erstmal nach Hause kommen, und du trägst einen Hauch von Nichts.

Lily: Mein lieber Schatz, ich werde müde und verdrossen sein, da musst du mich schon mit deiner guten Laune beflügeln.

Max: Wart's ab. Wir sehen uns gleich;-)

20.

Max: Schreibst du mir bitte, auch wenn ich nicht auf Geschäftsreise bin? Das Wochenende mit euch hat mir so gutgetan.

Lily: Gern geschehen. Natürlich schreibe ich dir. Ich habe gerade Anton in die Schule gebracht. Er ist großartig Fahrrad gefahren, und Feli war bei mir hinten auf dem Fahrradsitz. Jetzt malen wir beide mit Fingerfarbe am Fenster. Ich freu mich schon aufs Putzen …

Max: Wir können euer Kunstwerk ganz lange dran lassen. Vielleicht macht mir das Fensterputzen ja auch Spaß.

Lily: Hast du denn Spaß auf der Arbeit, oder gehst du wieder allen Dialogen aus dem Weg?

Max: Na ja, ich befolge den Rat meiner weisen Frau und delegiere schriftlich. Ich habe einen Online-Kalender eingerichtet, auf dem ich alles posten kann. Das hilft mir. Und da ich sogar eine eigene Toilette auf der Chefetage besitze, muss ich meinen Raum nicht verlassen.

Lily: Du schottest dich ja voll ab. Ist wahrscheinlich ganz gut so. Ich mach bei uns auch lieber die Schotten dicht und alle Fenster zu. Es soll heute noch gewittern. Hoffentlich kommen wir später nicht in den Regen, wenn wir Anton abholen.

Max: Wie war das mit Sombreros?

Lily: Wir tragen doch alle drei einen Fahrradhelm, das weißt du doch. Sicherheit geht vor.

Max: So ist das eben im Herbst.

Lily: Bald ist Halloween, sollen wir dir für deine Firma Kürbisse schnitzen?

Max: Das wäre toll und hebt sicher die Laune bei allen. Vielleicht gibt es bei einem unserer Auftraggeber eine Halloweenparty.

Lily: Da werden wir drei ja nicht dabei sein.

Max: Das stimmt. Das ist schade. Weißt du noch, auf wie vielen Partys ich früher war? Mittlerweile sind es recht wenige.

Lily: Ja, an drei Abenden in der Woche bist du meistens zu Hause, wenn auch spätabends.

Max: Aber wir essen zusammen, und ich bringe die Kinder ins Bett. Beim Vorlesen fallen mir selbst meistens die Augen zu. Das Toben mit ihnen macht mir richtig Spaß.

Lily: Siehst du, du tust, was dir gefällt und kriegst gute Laune. So wirst du wieder leichter Smalltalk überstehen.

Max: Ich habe schon fast die ganze Woche überstanden, doch ausgerechnet an meinem zweiundvierzigsten Geburtstag werde ich zu einem Meeting geschickt, das nicht in meiner Firma stattfindet.

Lily: Oh, wie bedauerlich. Da wir heute morgen aber bereits gesungen und mit dir im kleinen Familienkreis gefeiert haben, wirst du das Meeting auch gut überstehen. Lass dich überraschen!

Max: Na, wenn das nicht eine gelungene Überraschung war! Von Herzen danke schön. Womit habe ich das verdient? All deine Mühe für die Deko und das Catering, all das vorzügliche Essen anlässlich meines Geburtstages. Die Überraschungsparty in der Firma stattfinden zu lassen, war einerseits großartig. Ich habe nach außen hoffentlich erfreut ausgesehen. Andererseits war ich in der Bredouille, weil ich all meine Mitarbeiter getroffen habe, die mir netterweise gratuliert und für einen Präsentkorb zusammengelegt haben. Du weißt es noch nicht, weil es mir peinlich ist, darüber zu reden, doch habe ich seit Monaten meine Mitarbeiter gemobbt. Da es mir selbst so schwerfällt, mich mit ihnen zu unterhalten, versuche ich, ihnen Stress zu machen. Ich kürze die Deadlines oder halte E-Mails zurück, bis eine Beantwortung fast nicht mehr möglich ist. Ich stelle das Telefon ab oder beauftrage eine Meinungsumfrage damit, meine Mitarbeiter zu tyrannisieren.

Lily: Oh du furchtbarer Sadist! Was hast du denn davon?

Max: Ich freue mich, wenn andere in Stress geraten. Oder ich ärgere mich, wenn sie gelassen bleiben.

Lily: Du bist doch derjenige, der gelassen bleiben soll. Hör doch mal auf mich! Es ist schrecklich, was du tust! Ich habe mir so viel Mühe gegeben mit deinem Geburtstag, und alle haben sich für dich gefreut. Warum kannst du das nicht annehmen?
Es wird mal wieder Zeit, dass du dir ein Hörbuch kaufst. Als nachträgliches Geburtstagsgeschenk besorge ich es dir gerne: „Das Glücksbüro" von Andreas Izquierdo, in dem Albert Glück ein Sachbearbeiter ist und auf die Künstlerin Anna trifft.
Ich verbiete dir, dein technisches Know-how für Übeltaten zu nutzen. Wenn du damit andere glücklich machen kannst, habe ich nichts dagegen. Aber wehe, du stresst weiterhin andere nur zu deinem Vergnügen. So einen Ehemann will ich nicht. Ich möchte nicht, dass so ein Schwein neben mir im Bett liegt und am Tisch sitzt. Die Welt ist schon schlimm genug, und es gibt genug Arschlöcher. Davon möchte ich aber keines in unserem Haus wohnen haben. Punkt.

Max: Du schaust dir doch auch „Pleiten, Pech und Pannen" an oder witzige Unfälle auf Youtube.

Lily: Aber das ist doch etwas ganz anderes. Wenn durch Zufall etwas schiefläuft, dann kann das komisch sein. Aber du legst es darauf an und provozierst es.

Max: Du hast mir erzählt, dass du als Teenager auch ständig provoziert hast.

Lily: Ja, mit Worten! Bist du noch fünfzehn oder was? Ich bin jetzt achtunddreißig und weiß es mit meiner Lebenserfahrung besser als damals.

Max: Aber deine schnippische Art hast du behalten.

Lily: Das ist ja sehr schön, dass du jetzt von dir ablenken möchtest und von mir redest. Abschließend zu sagen bleibt nur, dass ich hoffe, dass du auf mich hörst. HÖR AUF MIT DEM SCHEIß!!

Max: Bist du noch sauer auf mich? Ich bin dir lieber aus dem Weg gegangen, weil du mich immer so böse anschaust. Das schaffst du sogar am Telefon.

Lily: Ich habe ja auch allen Grund dazu. Aber ich möchte dir helfen, weil du mein Ehemann bist und ich dich liebe. Deswegen erzähle ich dir ein paar Geschichten, die ich erlebt habe.
Eine unserer Nachbarinnen hat mir berichtet, dass ihr Mann eine Hüft-OP hatte und deswegen hierbleiben muss. Weißt du, das ist dieses ältere Paar, das den Winter in Italien übersteht.

Max: Völlig unverständlich für dich, weil du den Winter liebst.

Lily: Genau. Mich nerven Leute, die immer nur Sonnenschein und Urlaub haben wollen. Unser sprödes Wetter gefällt mir richtig gut.
Dann wäre da noch die alte Dame, die vergessen hat, dass man am Reformationstag nicht einkaufen gehen kann. Ich habe sie

also vor einem unnötigen Weg bewahrt, oder hätte sie sich über den Spaziergang gefreut?

Max: Wer weiß das schon. Ich denke eher, du warst ihre Retterin. Erlebst du das alles, wenn du mit Feli spazieren gehst?

Lily: Ja, so ist es. Auf dem Weg zum Spielplatz, in den Wald oder bei unserer Einkaufsrunde.

21.

Max: Ich will auch mal wieder mit Feli alleine los. Am Wochenende leih ich mir dein Fahrrad mit dem Kindersitz aus. Dann fahre ich mit ihr zumindest zum Bäcker.

Lily: Aber du meidest doch den verbalen Kontakt. Ich soll dir doch die Geschichten erzählen.

Max: Dann verrate ich dir mein Geheimnis: Zurzeit stelle ich mir vor, was du mir erzählen würdest, was der andere dir gegenüber erwähnt hat. Wenn ich das geschafft habe, kann ich demjenigen auch zuhören, und mein nächster Schritt wäre dann, dir zu berichten, was der andere meinte. So weit bin ich aber noch nicht.

Lily: Da hast du ja zwei Projekte gleichzeitig laufen. Erstens kein Mobbing, zweitens. mehr zuhören.

Lily: Hier eine andere Flens-Werbung: Ein junger Geschäftsmann springt wagemutig in allerletzter Minute auf das scheinbar auslaufende Boot und sagt zum Kapitän:
„Geschafft!" „Nicht schlecht. Aber warum hast du nicht gewartet, bis wir anlegen, du?"[9]
Und man sieht das einlaufende Boot. Erfrischend anders.

Max: Und ich dachte, du hörst nur „Käpt'n Sharky" und siehst „Petterson und Findus".

---

9 01:42 in Best of: Flensburger Pilsener Werbung *Plop* auf YouTube

Lily: Und wenn ich abends auf dich warte, wenn du mal länger arbeitest, schaue ich nicht nur Netflix. Manchmal muss ich was mit Werbung sehen, und mir gefällt die „Haribo" Werbung am besten. Deswegen habe ich nach alter „Flensburger Pils"-Werbung gegoogelt.

Max: Bald fängt die Adventszeit an. Ich würde gerne mit euch Kekse backen. Alle gemeinsam.

Lily: Dann machen wir das mal an einem der Adventswochenenden. Und du denkst dran, dir die Zeit zu nehmen, mit Anton und Feli den Baum auszusuchen? Das könnt ihr zu dritt machen, dann habe ich etwas Zeit für die Weihnachtsgeschenke – ohne Anhang.

Max: Ich würde meinen Mitarbeitern gerne etwas zu Weihnachten schenken, weil ich ein schlechtes Gewissen habe, nachdem ich sie monatelang schikaniert habe. Hast du eine Idee?

Lily: Wie wäre es mit Parfüm?

Max: Dabei fällt mir ein, dass wir gerade ein Produkt bewerben sollen, mit dem du dich gut auskennst. Vielleicht kannst du uns mit einer Idee weiterhelfen? Es geht um einen Spielzeugladen.

Lily: Aber das ist doch in der Vorweihnachtszeit perfekt mit all der Deko und spielenden Kindern, die jonglieren, sich verkleiden und Brettspiele spielen.

Max: Da schließ ich mich deiner Idee doch an und schlage vor, den nächsten Geburtstag von Anton im Zirkus zu feiern. Das habe ich nämlich vor Kurzem gegoogelt, dass man dort Akrobatik und Jonglieren lernen kann.

Lily: Und einen Abend mit Brettspielen machen wir zu Hause.

Max: Ja, vielleicht lieber zwei verschiedene. Einen mit „Lauf, kleine Schnecke" und das „Leiterspiel" für Feli und die anspruchsvolleren mit Anton.

Lily: Wer von euch beiden lernt wohl mehr bei „Mensch ärgere dich nicht"?

Max: Dazu sage ich jetzt mal nichts …

Lily: Du bist ja heute gut drauf; wie schööön.

Max: Was hast du denn heute so gemacht?

Lily: Bevor wir Anton abgeholt haben hat Feli ihren verspäteten Mittagsschlaf gemacht, und genau in der Zeit kam unsere liebe Nachbarin vorbei, mit der ich eine Tasse Tee getrunken und geplaudert habe. Sie hat mir von ihrer Wohnung erzählt, die sie an eine Messie-Frau vermietet hat. Niemand hat sich wohl je beschwert, obwohl sie zwei ältere Kinder hat, die sie doch hin und wieder besuchen werden. Die Wohnung war jedoch total zugemüllt, der Balkon voller Taubenkacke, und die Waschmaschine hatte einen losen Abfluss ins Waschbecken, der sich gelöst hat, und das ganze Abwasser ist in die Wohnung geflossen.

Max: Oh jemine. Da freut man sich ja, wenn man bis Weihnachten alles wieder schick machen kann.

Lily: Was wünscht du dir denn?

Max: Ich habe doch schon alles, was ich mir je erträumt habe.

Lily: Das ist doch besser als wenn jemand sagt, Träume sind nur Schäume. Mal sehen, was mir für dich einfällt.

Max: Ich fände es ehrlich gesagt sehr gut, wenn du Löschschaum neben den Kamin stellen würdest. Ich kaufe dir mal einen Feuerlöscher. Ein Mitarbeiter von mir hat gerade seine Küche abgefackelt, weil ein Kabel durchgeschmort ist. Da fühle ich mich sicherer, wenn du so einen kleinen Feuerlöscher bei dir stehen hast. Der ist auch leicht zu bedienen, keine Sorge :-)

Max: Liebes, ich habe heute so einen tollen Tag! Wir haben ein großes Projekt abgeschlossen, und dann habe ich mich noch mit zwei Angestellten unterhalten, was mir sogar Spaß gemacht hat. Ich habe sogar was dabei gelernt. Wahrscheinlich mehr als bei „Mensch ärgere dich nicht". Ich versuch es jetzt mal in deinem Stil. Also: Der eine ist fünfzig und überzeugter Single, der sich aber oft alleine und einsam fühlt. Der andere hat Frau und Kind, ist aber wegen mir so oft auf Geschäftsreise, dass er nun kurz vor der Scheidung steht.

Lily: Das ist beides traurig. Und was hast du daraus gelernt?

Max: Wir machen beides besser. Deinetwegen bin ich nicht mehr überzeugter Single, der vereinsamt. Und obwohl ich auch viel auf Geschäftsreise bin, schaffen wir es durch viele Telefonate und E-Mails, uns nicht fremd zu werden.

Lily: Das hast du schön gesagt. Finde ich auch. Wollen wir mal wieder Schlittschuh laufen?

Max: So wie fruher, bevor wir Kinder bekommen haben und alle verschiedenen Restaurants besucht und möglichst viele sportliche Aktivitäten ausprobiert haben?

Lily: Besonders aktiv waren wir immer im Winter. Komischerweise.

Max: Du bist komisch. Aber dafür liebe ich dich.

Lily: Ich weiß.

22.

Max: Die letzten Wochen vor Weihnachten waren zu stressig zum Schreiben. Dafür habe ich jetzt zwei Wochen frei nur für euch, und weißt du, was ich jeden Tag machen werde?

Lily: Mich küssen und mit den Kindern spielen?

Max: Das auch. Immer gerne. Aber ich werde mir jeden Tag die Fotoalben ansehen, die du mir geschenkt hast. Zehn Alben, für jedes Jahr eins, mit all unseren Erlebnissen und wunderbaren Erinnerungen. Ich glaube, das versetzt mich in so gute Stimmung, dass ich täglich zum Bäcker fahren und dort Smalltalk in der Warteschlange halten werde. Du wirst sehen, ich versorge dich mit all dem Nachbarschaftsklatsch.

Lily: Dann wünsche ich uns schöne Ferien.

Lily: Ich wünsche dir für heute einen guten ersten Arbeitstag.

Max: Danke – ich werde euch sehr vermissen, aber ich bin auch gut abgelenkt. Fällt dir was dazu ein, wenn ich dir sage: Arnika-Salbe?

Lily: Natürlich. Du kannst jedes beliebige Kind nehmen, das ständig hinfällt und sich Prellungen und Schrammen holt. Aber in dieser Jahreszeit wäre doch ein Unfall bei einem Eishockeyspiel vorteilhaft. Also nicht für den Spieler, aber für eure Werbung.

Max: Schon verstanden.

Lily: Ich freu mich immer, wenn du mich nach meiner Meinung fragst. Endlich sich Gedanken für große Leute zu machen ist zur Abwechslung mal richtig toll.

Max: Genauso toll finde ich das Müllrausbringen, weil es mal nichts mit meinem Job zu tun hat. Deswegen verstehe ich dich, wenn du mal etwas machen willst, was nicht zu deinem Job gehört.

Lily: Mein Job wäre eigentlich in einem Innenarchitekturbüro. Ich kann es kaum erwarten. Noch acht Monate und fünfzehn Tage. Meinst du, dass ich mich schon langsam bewerben sollte?

Max: Schaden kann es nicht. Im Notfall könntest du jederzeit Teilzeit in meiner Firma anfangen, das weißt du. Ich habe es dir schon so oft angeboten. Aber du willst ja nicht!

Lily: Ich glaube, ich ertrage dich nicht vierundzwanzig Stunden am Tag.

Max: Au, das hat gesessen.

Lily: War ein Scherz. Ich respektiere dich als Ehemann und Vater meiner Kinder, aber wahrscheinlich nicht als Chef.

Max: Schon klar. Du willst gleich Partner in meiner Firma werden.

Lily: Na ja, ich bin deine Partnerin. Das reicht doch. Oder?

Max: Aber du willst unbedingt wieder ins Büro? Willst du nicht warten, bis Feli in die Schule kommt?

Lily: Noch weitere vier Jahre zu Hause, da fällt mir die Decke auf den Kopf. Das haben wir doch schon alles besprochen. Anton geht es gut in der Schule. Ich kümmere mich um seine Hausaufgaben, wir trainieren seine Konzentration, Ausdauer und kontrollieren seine Impulsivität. Wir haben alles im Griff. Er muss keine Tabletten nehmen. Solange die Lehrer nicht sagen, dass er völlig unbrauchbar in den Unterrichtsstunden ist, ist doch alles perfekt. Und Feli wird sich in dem Kindergarten wohlfühlen. Mit anderen Kindern zu spielen kann doch auch schön sein.

Max: Was gibt es Schöneres, als den ganzen Tag mit dir verbringen zu dürfen?

Lily: Charmeur. Meine Kunden werden sich bei dir bedanken.

Max: Dann los. Bewirb dich.

Lily: Meinen Lebenslauf habe ich schon fertig. Fehlt nur noch das Anschreiben.

Max: Das geht ja schneller als beim Hausputz.

Lily: Witzbold.

Max: Ich habe noch so gute Laune nach meinem Urlaub, dass ich mich erst mal voll in die Arbeit reinknie und weniger schreiben werde. Ich rufe dich aber mehrmals am Tag an.

Lily: Alles klar. Schalt dein Video ein, damit ich dir meine Outfits für die Vorstellungsgespräche präsentieren kann.

Lily: Lange nicht mehr geschrieben. Aber ich bin zu aufgeregt zum Telefonieren. Ich habe dir nichts von meinen Terminen gesagt, weil ich … Ich weiß auch nicht, warum ich dir nicht vorher davon erzählt habe. Ich könnte dir jetzt die Schuld geben, weil du so viel zu tun hast. Aber das ist es nicht. Ich hatte gleich drei Termine innerhalb von acht Tagen.
1. Innenarchitekt Schöner Blick: netter Chef; will mich aber nur in Vollzeit einstellen.
2. Innenarchitektur Feng Shui: sehr esoterisch; ziemlich verstörend; duftig.

3. Innenarchitektur Blickpunkt: cholerischer Chef; verängstigte Angestellte.

Max: Dann kommt jawohl nichts infrage. Verbiegen sollst du dich nicht.

Lily: Tut mir leid.

Max: MIR tut es für dich leid. Du hattest doch Hoffnungen und genaue Vorstellungen.

Lily: Aber weil ich so genau weiß, was ich will, ist es schwierig, Kompromisse zu machen. Ich will, dass alles nach meiner Nase läuft.

Lily: Zurzeit läuft Felis Nase wie verrückt. Ich kann mich nicht daran erinnern, dass Anton so oft erkältet war wie unsere süße Maus. Ich habe den Säuglingssauger wieder rausgekramt, mit dem man Schnodder absaugen kann, weil sie so schlecht ausschnaubt. Aber das Schlimmste sind die Nächte. Alle zwei Stunden geweckt zu werden ist hart. Du kriegst davon überhaupt nichts mit, weil du so fest schläfst.

Max: Ich muss auch am nächsten Tag fit und erfrischt sein. Du kannst dich doch wieder hinlegen.

Lily: Mit Feli, die quietschvergnügt ist. Wie stellst du dir das vor?

Max: Park sie vor dem Fernseher und geh schlafen.

Lily: Ein Mal kann ich das machen, aber nicht jeden Tag.

Max: Wenn du für mich arbeiten würdest, könnten wir uns gut abstimmen, wer wann zu Hause bleibt, wenn ein Kind krank ist.

Lily: Die freien Tage für Kinder hätte ich doch auch woanders.

Max: Aber ich wäre ein Chef, der dafür vollstes Verständnis hätte.

Lily: Ich überlege es mir. Wie läuft es denn bei dir? Wie war dein Tag?

Max: Drei Schritte nach vorne, zwei zurück.

Lily: Ist immer noch ein Schritt in die richtige Richtung. Sei positiv.

Max: Der Winter geht langsam zu Ende. Wir sollten das noch mal voll genießen und zum Winterkarneval gehen.

Lily: Das ist eine großartige Aktion. Vielleicht fällt im Februar ja noch ein wenig Schnee zum Schlittenfahren.

Max: Du hast echt am meisten Power wenn es mit Schnee und Eis zu tun hat.

Lily: Wer will schon 40 Grad ohne Schatten? Dann machen alle nur Siesta und sind bewegungsunfähig. Gegen Kälte kannst du dich anziehen.

23.

Lily: Das war es wohl mit dem Winter – dieses Jahr wird es wohl kaum mehr schneien. Wie schade! Wir konnten nicht Schlitten fahren und hatten nur solch nasskaltes Wetter mit Matschschnee, der nicht liegenblieb. Das sollte eigentlich besser sein! Dafür ist es drinnen umso gemütlicher.

Max: Ich mag es auch bei uns im Haus. Am liebsten ist mir der Moment, wenn ich Anton ins Bett bringe und wir Lesen üben. Das klappt schon richtig gut: eine Seite ich, eine Seite er.

Lily: Du bist und bleibst der beste Motivator!

Max: Wozu kann ich dich denn motivieren? Gehst du langsam wieder zum Joggen? Dabei kannst du doch auch den Kinderwagen schieben. Anton ist doch bis nachmittags im Hort.

Lily: Wenn ich die ersten Tulpen kaufe, werde ich meine Nase wieder draußen in den Wind halten.

Max: Das ist ein Deal. Bald hast du Geburtstag. Ich plane lieber keine Überraschungsparty, sonst bist du nur enttäuscht, weil es nicht nach deiner Nase läuft ...

Lily: Du hast mir das schönste Geburtstagsgeschenk aller Zeiten gemacht – du bist der Weltbeste!!
Das schönste Geschenk, das du mir machen kannst, ist Zeit. Nicht nur, dass wir täglich mehrmals telefonieren. Nein! Einen ganzen Tag hast du dir für mich in der Woche freigeschaufelt. Da verblassen die neununddreißig Rosen daneben, obwohl

das wirklich ein Wahnsinnsstrauß ist. Vielen lieben herzlichen Dank und Millionen Küsse von mir.

Max: Und vergiss nicht das andere Geschenk. Nämlich, dass ich dir eine Reinigungskraft ausgesucht, getestet und für gut befunden habe. Sie soll dich im Haus entlasten, wenn du bald wieder arbeiten gehst.

Lily: Ja, der HAMMER! Da brauche ich nur noch ein erfolgreiches Vorstellungsgespräch.

Max: Erstmal musst du dich mit der Putzfrau verstehen, dann mit deinem potenziellen Chef.

Lily: Ich habe da aber schon was in Aussicht: Innenarchitektur Goldener Schnitt. Klingt vielversprechend nach einer guten Kombination aus Mathematik und Kunst. In zehn Tagen ist das Vorstellungsgespräch.

Max: Na, dann stelle ich dir erst einmal drei Mitarbeiter von mir vor, mit denen ich gesprochen habe. Nachdem ich so viele Reinigungskräfte getestet habe, war ich zuerst fertig mit den Nerven und leicht zittrig. Ich habe mich wieder im Zimmer eingeschlossen und nur schriftlich delegiert. Doch dann habe ich mich in die Höhle des Löwen getraut und bin in die Mitarbeiterküche gegangen.

Lily: Ich dachte, die Höhle des Löwen wäre deine Chefetage!

Max: Der erste Angestellte, den ich getroffen habe, ist Felix, der Maria mag. Aber anstatt es ihr zu sagen, verhält er sich wie ein Kindergartenkind, das seinem Schwarm an den Haaren zieht. Er ärgert und diskriminiert, wo er kann. Total respektlos. Völlig unreif. Der muss erst noch erwachsen werden.

Lily: Da gebe ich dir recht. Der schafft es nicht, seine Gefühle zu kontrollieren.

Max: Der zweite, den ich getroffen habe, ist Balthasar, der mich tierisch nervt. Wenn ich nur JA sage, amüsiert er sich bereits.

Lily: Absurd. Was ist daran so lustig? Seltsamer Humor.

Max: Der dritte, den ich getroffen habe, lacht, wenn ich sachliche Texte und Argumente zitiere. Der Typ ist so kreativ, was gut ist in unserer Branche, ohne Frage, aber mit Sachlichkeit kann er nicht umgehen.

Lily: So funktioniert Klatsch! Gut gemacht. Du hast zugehört und erzählst es weiter. Lass die anderen reden. Die Kunst dabei ist es, die richtigen Fragen zu stellen.

Max: Du hattest absolut recht, denn jeder will nur über seine eigenen Probleme sprechen.

Lily: Jetzt hast du dir aber ein kühles Flens verdient :-)

Max: Das trinke ich gleich bei euch zu Hause, da ist es doch am schönsten ...

Lily: Ich bin dir auch sehr dankbar, dass du morgens extra früh aufstehst, um an deinen Fitnessgeräten zu trainieren. So musst du das nicht noch abends dranhängen.

Max: Kein Problem. Durch die Kinder bin ich zum Morgenmensch geworden. Sie kuscheln noch bei dir im Bett, während ich meine Muskeln stähle.

Lily: „Morgenstund hat Gold im Mund."

Max: „Aurora habet aurum in ore" bedeutet soviel wie „Die Morgenröte trägt Gold im Mund und im Haar". Das frühe Aufstehen lohnt sich. Was sich ebenfalls lohnt ist, dass wir Turteltauben sind, „streptopelia turtur" – eine Vogelart aus der Familie

der Tauben, Vogel des Jahres 2020, die bereits im Mittelalter als treu und sanftmütig galten. Zärtlich miteinander umgehen und „turteln" – das steht als Sinnbild für Verliebte.
Als Zugvogel, der alljährlich nach den Wintermonaten zurückkehrt, gilt die Taube seit jeher als Verkünderin des Frühlings.

Lily: Das passt ja beides. Einerseits der zärtliche Umgang und andererseits der beginnende Frühling. Bald fängt wieder alles an zu grünen und zu sprießen.

Max: Und du schnappst dir deine Laufschuhe.

Lily: Jawohl. Wie abgemacht, sobald ich Tulpen kaufe. Aber morgen steht mein Vorstellungsgespräch an. Ich bin sehr nervös.

Max: Das klappt schon, du wirst sehen. Ich drücke dir die Daumen.

Lily: Geschafft! Es war prima! Sehr nette Kollegen und eine Frau als Chefin. Sie hat zwar keine Kinder, sondern ihre Karriere, doch meinte sie gleich, dass sie Rücksicht auf familiäre Belange nehmen würde. Wie toll ist das denn! Da will ich hin. Ihre Projekte sind interessant, und ich würde nach einer Probezeit ziemlich viel Verantwortung übernehmen und mein eigenes Ding machen. Stets mit ihr als Rückendeckung. Das gibt Sicherheit. Hoffentlich meldet sie sich in den nächsten beiden Tagen.

Max: Wie schön, ich freue mich für dich. Dann können wir ja den Sommerurlaub rechtzeitig buchen. Wann fängst du an?

Lily: Zwei Wochen nach Schulstart. Das ist auch perfekt. So kann ich Anton noch die ersten Wochen begleiten. Dann muss er alleine fahren. Ich schaffe es nur, die Kleine in den Kindergarten zu bringen, der beginnt zum Glück schon in den Sommerferien. Ich soll zwei Wochen zur Eingewöhnung die ersten Stunden dableiben. Dann muss Anton halt mal mitkommen.

Sonst ist es ja meistens umgekehrt. Ich schaffe es also alleine, uns drei morgens fertig zu machen. Du kannst in deinem Sport-Arbeit-Rhythmus bleiben.

Max: Das klingt ja alles super :-)

24.

Lily: Die Tulpen sind da, und ich beginne mit einer kleinen Runde. Drei Kilometer schaffe ich nach der Winterpause nicht am Stück.

Max: Das macht doch nichts. Du hast doch früher schon Gehen und Laufen abgewechselt und dich bei den Minuten gesteigert. Das schaffst du wieder. Wie läuft es denn mit der Putzhilfe?

Lily: Berta ist ein Schatz! Sie erledigt ihre Arbeit so gründlich und aufmerksam, dass ich nur selten einen Zettel hinlege mit einem kleinen Auftrag. Das meiste sieht sie selbst. Um die Wäsche kümmere ich mich alleine. Sie soll nicht in unserer Dreckwäsche wühlen. Außerdem finde ich es nicht schlimm.

Max: Das ist irgendwie etwas unheimlich, weil alles so glatt läuft.

Lily: Beschwöre bloß nicht die Geister herauf – „Die Geister, die ich rief ..." mit Bill Murray als alter Geizkragen in der Hauptrolle, der zu Weihnachten mit Hilfe von drei Geistern bekehrt wird.

Max: Ja, aber der Film basiert auf der Ballade von Goethe „Der Zauberlehrling":
Hat der alte Hexenmeister
Sich doch einmal wegbegeben!
Und nun sollen seine Geister
Auch nach meinem Willen leben.

Lily: Ich mach doch das, was du willst!

Max: Ja klar. Wenn es dir in den Kram passt.

Lily: Wir wollen nicht streiten. Wir haben beide unseren Dickkopf. Und das meine ich nicht negativ. Starrsinnig ist zwar schlecht, aber eigensinnig ist doch irgendwie gut, weil jeder seinen eigenen Überzeugungen nachgeht. Wir müssen uns nur in der Mitte treffen. Viele Wege führen nach Rom. Wollen wir mal nach Rom mit den Kindern? Oder wir lassen sie mal zwei Tage bei ihren Paten. Sie kommen wunderbar miteinander aus.

Max: Ein Wochenende nur wir zwei? Bist du Wünsche-Erfüllerin?

Lily: Ja, schon gut. Aber jetzt im April ist es doch in St. Peter-Ording auch schon schön und noch nicht so voll. Da können wir zu viert hinfahren.

Max: Das machen wir.

Lily: Du hast das richtig gut gemacht heute Nacht, als ich wegen des neuen Jobs nicht schlafen konnte. Ich habe mich noch nie so geborgen und wohl gefühlt, auch wenn wir nicht geredet haben. Einfach im Arm zu liegen und den Atem zu hören wirkt Wunder.

Max: Ich fand es auch sehr schön, obwohl ich wirklich im Halbschlaf war, ich gebe es zu. Aber instinktiv haben wir im selben Moment dasselbe gefühlt und das ganz ohne Sex. Also, wenn du wieder mal nicht schlafen kannst, dann bin ich für dich da.

Lily: Ja, das ist sehr schön.

Max: Schön wäre auch, wenn du das auch noch weißt, wenn ich wieder auf Geschäftsreise sein werde, denn ich kann es dir nicht immer sagen. Ich möchte es dir nicht immer sagen, weil ich es überdrüssig bin, die ganze Welt ständig loben und ihr huldigen zu müssen. Ich bin ab morgen in Hamburg.

Lily: Und wie sieht's in Hamburg aus? Als Chef solltest du schon Mitarbeitergespräche führen und deine Leute wertschätzen.

Max: Aber nicht immer und immer wieder. Die Leute wollen ja nichts anderes hören.

Lily: Das kann ich gar nicht glauben. Jeder ist doch seines Glückes Schmied. Die Leute können sich doch selbst sagen, was sie gut machen. Du bist ja nicht ihr Vater.

Max: Nein, es sind meine Mitarbeiter und nicht meine Kinder. Väter sind allgemein ja auch eher weniger dafür bekannt, viele Komplimente zu machen. Ich mache mir vielleicht mal Sorgen, aber das tue ich bei meinen Angestellten nur, wenn sie meine Projekte behindern.

Lily: Es sind ja auch eher oberflächliche Bekannte, so wie die Nachbarn, die ich treffe. Ich mache mir Sorgen, wenn die alte Dame zu tüddelig und tatterig ist, um alleine zu leben. Aber mehr Mitgefühl ist doch gar nicht nötig. Kennst du nicht den Spruch: „Kleine Kinder, kleine Sorgen, große Kinder, große Sorgen"? Als wenn Erwachsene schwerwiegendere Probleme hätten. Das finde ich nicht. Ich finde die Redewendung besser: „Geteiltes Leid ist halbes Leid. Geteilte Freude ist doppelte Freude" – so machen das Ehepaare, oder nicht?

Max: So sollte es sein. Ich zumindest möchte meine Gefühle und Gedanken nur mit dir teilen! Es reicht mir völlig aus, dir Zuspruch zu schenken.

Lily: Das Teilen von Erlebnissen kann unser Wohlbefinden steigern. Vielleicht wärst du glücklicher, wenn du deinen Angestellten einfach zustimmen würdest in ihrem Leid oder ihrer Freude.

Max: Grummel. Ich will das aber nicht.

Lily: Dann bist du wahrscheinlich nicht so glücklich, wie du eigentlich sein könntest.

Max: Ich würde am liebsten im Homeoffice arbeiten und niemanden außer euch drei sehen. Ich habe neuerdings auch ständig so ein Gefühl im Brustkorb, als würde mir die Luft abgeschnürt werden. Ob das damit zu tun hat, dass ich mich im Büro nicht wohl fühle?

Lily: Es könnte auch ein Zeichen von einem Herzinfarkt sein. Du arbeitest viel zu viel. Stress tut nicht gut. Was hast du denn noch für Symptome?

Max: Meine Hände zittern, mir ist schwindelig, mein Herz rast, und ich habe Atemnot.

Lily: Jetzt gerade?

Max: Ja. Kannst du bitte kommen?

Lily: Soll ich nicht lieber den Notarzt rufen?

Max: Ich will aber nicht zum Arzt. Ich will keine Medikamente. Ich will nur dich hier.

Lily: Okay, ich muss einiges organisieren. Die Kinder müssen betreut sein, dann fahre ich sofort los. In zwei Stunden bin ich da.

Lily: Ich habe schnell was gegoogelt: Es könnte eine Panikattacke sein, weil du Menschenmengen nicht magst und Angst davor hast. Das geht gleich vorbei. Eine Attacke dauert etwa dreißig Minuten. Versuch es mit der 4-7-8-Methode. Einatmen (vier Sekunden), Luft anhalten (sieben Sekunden), ausatmen (acht Sekunden). Ich bin gleich bei dir! Ich liebe dich.

Lily: Ich bin jetzt auf dem Rückweg. Es hat doch einen Vorteil, dass du so technikaffin bist und mir gezeigt hast, wie ich eine Sprachnachricht in eine Textnachricht umwandle. So kann ich entspannt nach Hause fahren und bin beruhigt, weil bei dir wieder alles in Ordnung ist. Du wirst den Tag im Congress Center sicher gut überstehen. Vermeide Alkohol und Kaffee! Dein Lebensstil spricht eigentlich dagegen, dass du häufiger eine Panikattacke bekommen wirst, denn du ernährst dich gesund, treibst Sport, schläfst viel, und du hast doch sogar schon mal meditiert. Das könntest du doch wieder machen, denn ganz meiden wirst du Menschenmengen nicht können. Vielleicht bietet ein Psychotherapeut eine Verhaltenstherapie an, um damit umzugehen. Der erste Schock ist erst einmal überstanden.

Max: Danke, dass du sofort alles hast stehen und liegen lassen. Ich würde dass auch für dich tun! Mir geht's wieder gut, kein Problem. Mit der Meditation überlege ich es mir. Das ist besser als Medikamente zu nehmen. Zum Glück war es kein Herzinfarkt. Ich sollte mit allem etwas kürzer treten. Weniger Stress.

Lily: Ich habe mal wieder gegoogelt: Baldrian kann dem Nervensystem helfen und ist rein pflanzlich. Du bist schon sehr reizbar und unruhig! Ich habe dir schon mal geraten, das zu tun, was dir Spaß macht. Aber irgendwie wäre es vorteilhaft, wenn du dich richtig entspannen könntest. Finde selbst heraus, was dir dabei hilft. Einige machen Pilates, andere Muskelentspannung nach Jacobsen oder einen Spaziergang, Tee trinken, oder was auch immer dir guttut. Irgendwie musst du mal von deinem hohen Level runterkommen.

Max: Du liest mich leicht zerknirscht. Ich werde es versuchen! Versprochen.

Max: Ich könnte mir zum Beispiel vorstellen, jeden Abend, nachdem ich mit Anton gelesen habe, auf einem Massagesessel zu sitzen. Ich könnte mir einen bequemen aussuchen und mir dabei Entspannungsmusik anmachen. Das hätte Stil, oder?

Lily: Das ist doch ein guter Anfang und wäre eine regelmäßige Ruhephase.

Max: Ich recherchiere gleich mal die Testergebnisse.

25.

Max: Nach zwei Wochen Lieferzeit wird er endlich morgen ankommen! Ich fühle mich jetzt schon entspannt.

Lily: Das ist schön. Deine Gesichtshaut ist auch nicht mehr so fahl. Ich bin gespannt, wie oft du in deiner Wellnessoase sitzen wirst.

Max: Ich sage dir, du wirst mich da abends nicht mehr rausbekommen!

Lily: Ich fange in vier Wochen an zu arbeiten. Jetzt kommt die Eingewöhnungszeit mit den Kindern in Kindergarten und Schule.

Max: Höre ich da die Frage, ob du in meinem Sessel sitzen darfst?

Lily: Nee, lass mal. Der ist doch schon an deine Körperform gewöhnt und platt gesessen :-)

Lily: Die vier Wochen sind schnell vergangen. Wir haben uns gar nicht geschrieben. Aber heute bin ich nervös wegen meinem ersten Arbeitstag morgen.

Max: Du wirst das gut machen. Warte ab, uns drei wirst du gar nicht vermissen.

Lily: Oh doch, und wie ich euch vermisst habe. Aber der Tag verging wie im Flug. Ich bin noch ganz ausgefüllt von den vielen neuen Eindrücken. Ich glaube, es wird ganz toll.

Lily: So toll ist es auch wieder nicht. Darf ich heute mal kurz auf deinen Sessel?

Lily: Ich will nicht mehr. Ich habe zwei Monate durchgehalten und bin noch in der Probezeit. Ich werde kündigen. Das ist echt nichts für mich. Weißt du was? Ich kann mir immer besser vorstellen, bei dir in der Firma anzufangen. Darf ich?

Max: Aber liebend gern. Für dich schaufle ich gerne ein paar Stunden frei und biete dir eine Teilzeitstelle an. Du hast mir schon so oft geholfen, du weißt ja, worauf es ankommt und wie der Hase läuft. In zwei Wochen kannst du bei mir anfangen. Willkommen im Team.

Elf Jahre später

26.

Max: Es ist mal wieder so weit: Wir sollten uns häufiger E-Mails schreiben und uns darüber austauschen, wie wir uns fühlen. Dann können wir uns besser unterstützen. Mir geht deine Eifersucht tierisch auf die Nerven! Ich flirte doch nicht mit den jungen Dingern, die für mich arbeiten. Wir haben deinen fünfzigsten Geburtstag gerade so schön gefeiert. Warum unterstellst du mir so was?

Lily: Bei mir wechselt die Laune von Tag zu Tag. Ich bin in den Wechseljahren, da musst du ein wenig Nachsicht haben. Du merkst doch, dass ich morgens verschwitzt aufwache, und vor lauter Nachtschweiß will ich dich nicht an mich rankommen lassen. Da tut es natürlich weh, dass bei uns in der Firma so viele junge Hübsche rumlaufen.

Max: Aber du bist doch mein Augenstern! Außerdem bist du, wie du gerade geschrieben hast, in der Firma mit dabei als Werbetexterin. Und wenn ich Nachsicht mit dir haben soll, dann tu du das bitte auch mit mir! Ich nenn das Kind mal beim Namen – aber was deine Wechseljahre sind, ist bei mir die Midlife-Crisis. Da suche ich zwar nicht wirklich nach einer neuen Liebe. Denn ich liebe dich von Herzen! Aber ich brauche immer wieder Bestätigung und Herausforderungen.

Lily: Deswegen auch deine rasanten Hobbys neuerdings: Fallschirmspringen, Drachenfliegen und Bungee Jumping.

Max: Richtig. Ich brauche den Adrenalinkick, wenn mein Testosteron schon weniger wird. Was bei dir mit Scham zu tun hat, ist bei mir Unlust. Ich will zurzeit einfach keinen Sex mit dir haben. Macht das unsere Ehe kaputt?

Lily: Wir wollen doch alle geliebt werden. Und Sex ist ein Ausdruck dafür. Aber deine Idee, dass wir uns schreiben, ist sehr gut. Das ist doch auch ein Liebesbeweis. Ich sage Anton auch, dass er seiner Freundin häufig sagen soll, dass er sie liebt. Ich finde das wichtig. Aber es ist seine erste große Liebe, da weiß er vielleicht noch gar nicht, ob das Verliebtsein wirklich Liebe ist.

Max: Das denke ich auch. Lassen wir ihn selbst herausfinden, was er mag, wen er mag und wen er liebt. Wir können so stolz auf ihn sein. Nächstes Jahr macht er Abitur und ist doch ein guter Schüler. Sein ADHS hat sich gelegt, er kommt mit den Lehrern gut zurecht, und Feli ist mit ihren dreizehn Jahren gerade am Anfang der Pubertät. Da kann uns noch mehr blühen.

Lily: Weil du meinst, dass Mädchen in der Pubertät schlimmer sind? Das macht mich so sauer! Aber auch traurig, weil sie sich von uns abwenden wird.

Max: Oh Gott. Stimmungsschwankungen innerhalb von zwei Sekunden! Armer Schatz.

Lily: Aber Gereiztheit kennst du ja von dir selbst. Früher war das auf jeden Fall so. Jetzt siehst du eher keinen Sinn mehr in der Arbeit und in deinem Leben. Dabei brauchen wir dich so sehr! Du hängst stets müde und abgeschlagen rum oder döst in deinem Massagesessel.

Max: Mir fehlt einfach der Antrieb. Meine extremen Hobbys geben mir immer wieder Schwung, aber dann beschwerst du dich, dass ich zu wenig zu Hause bin.

Lily: Dein Zuhause ist ja auch eher die ganze Welt, wie mir scheint. Das macht mich unzufrieden.

Max: Dann sind wir ja schon zu zweit. Ich bin unzufrieden mit mir, mit der Arbeit, wo ich nicht mehr so viel leiste wie früher. Und dann wird meine Taille auch noch immer dicker, dabei treibe ich so viel Sport. Meine Muskeln scheinen aber eher abzunehmen, und ich nehme zu.

Lily: Willkommen in meiner Welt! Jetzt haben wir mal richtig Dampf abgelassen und müssen uns irgendwie gegenseitig auffangen, damit wir in der Spirale nicht abrutschen.

Max: Da blitzt doch deine alte Magie wieder auf; super. Du hast noch deinen alten Biss. Was können wir denn tun, damit es uns besser geht?

Lily: Reden und Schreiben hilft doch schon mal. Dass wir regelmäßig zu Luigi zum Essen gehen, ist doch ebenfalls super. Wie wär's, wenn wir beide zusammen laufen gehen würden?

Max: Ich bin schneller als du und habe mehr Ausdauer.

Lily: Dann wartest du halt auf mich. Sonst muss ich ja immer auf dich warten – dass du von der Arbeit oder von deinen teuren Hobbys oder deinem einschläfernden Massagesessel runterkommst. Du hast dein Arbeitspensum schön reduziert.

Max: Deswegen fühle ich mich aber nicht besser. Im Gegenteil. Aber du hast recht; ich werde beim Laufen auf dich Rücksicht nehmen.

Max: Du bist wirklich langsam wie eine Schnecke beim Laufen! Da kann ich ja meditieren nebenbei.

Lily: Dafür war ich aber nicht still genug, oder? Wenn ich rede, kann ich nicht auch noch schnell laufen.

Max: Das ist für mich nur ein leichtes Aufwärmen, und danach kann ich noch an meine Fitnessgeräte gehen, während du völlig erschöpft duschen gehst.

Lily: JA! Dann können wir das ja frühmorgens machen, und ich frühstücke mit Feli und Anton, während du an den Geräten sitzt. Du und dein High-Tech. Wenn ich einen Bedienungsknopf hätte, wärst du wahrscheinlich auch glücklicher.

Max: Auf keinen Fall. Du bist mein unbestimmter Parameter. Unvorhersehbar und undurchschaubar.

Lily: Wohl kaum. Ich sage dir ja, was ich denke.

Max: Dann sage ich dir auch mal direkt, was mir aufgefallen ist. Du musst irgendwas mit deiner Haut machen. Du hast ganz viele rote, trockene Stellen und Pickel.

Lily: Ich weiß!!! Ist das nicht schrecklich??? Das sind diese verdammten Wechseljahre. Und das juckt!!! Hinzu kommen diese verfluchten Hitzewallungen, und ich bin immer müde und gereizt, weil ich schlecht schlafe. Merkst du nicht, dass ich meistens ab halb vier nicht mehr einschlafen kann?

Max: Nein, das wusste ich noch nicht. Willst du Baldrian?

Lily: Ich lass mich mal in der Apotheke beraten. Irgendetwas muss mir doch helfen.

Max: Ja, bitte, lass dich mal beraten.

Lily: Sagt der, der nie zum Arzt will.

Max: Ertappt. Mit deiner Hilfe habe ich doch die Panikattacken und meine Menschenscheu gut in den Griff bekommen.

Lily: Menschenscheu? Eher Hass. Du hast sie gemobbt.

Max: Aber heute mache ich niemanden mehr fertig. Ich rede höflich, bleibe aber distanziert. Fragen stelle ich zwar immer noch ungerne, dafür höre ich aber zu. Und wie recht du hast: Die meisten erzählen von sich aus gerne.

Lily: Hast du schon von unserer Nachbarin gehört, die ein Jahr zur Fort- und Weiterbildung an der Ostsee arbeiten muss? Sie weiß selbst nicht, ob sie sich glücklich schätzen kann, weil sie am Meer wohnen wird. Sie geht ungern hier weg und wird auch nur unter der Woche dort wohnen.

Max: Dann ist es ja gut, dass sie nicht am Wochenende oder feiertags arbeiten muss.

Lily: Alles in allem also eher ein Glücksfall. Wir können mal wieder für einen Tag ans Meer fahren, oder?

Max: Ja, das machen wir.

27.

Lily: Das war großartig in St. Peter-Ording. Aber dass du den Sportwagen ausgeliehen hast, war viel zu übertrieben. Machst du jetzt dein fehlendes Testosteron mit einem Rennwagen wett? Kleiner Schwanz, schneller Wagen, oder was?

Max: Also, mir hat es gefallen!

Lily: Mir gefallen deine grauen Haare viel besser. Das macht dich noch attraktiver.

Max: Graue Haare? Uns beiden fallen Haare aus. Hast du mal unsere Kopfkissen gesehen?

Lily: Also, ich habe ja mal gelesen, dass Komplimente Männern in der Midlife-Crisis helfen sollen. Und deine Worte sind gerade weniger hilfreich. Deswegen sage ich dir, dass du attraktiv bist und schöne Falten hast.

Max: Ich habe schöne Falten? Wirst du jetzt irrational?

Lily: Nein, das ist meine Wahrnehmung. Ich nehme dich so wahr. Punkt.

Max: Dann muss ich das mal so stehen lassen.

Lily: Weißt du, wer gerade vor der Tür steht? Anton will mit mir sprechen. Bis später!

Lily: So, da bin ich wieder. Du bist auf Geschäftsreise, und ich habe nicht nur mein Gefühlschaos, sondern auch das von Anton.

Er weiß zurzeit nicht, was er will. Er ordnet sich gerade ganz neu. Sortiert seine Gedanken, weil er seine Wünsche und Träume erkennt. Er hat mit Lola Schluss gemacht, weil sie andere Sachen wollte als er. Wir hatten gerade ein langes Gespräch. Sie wollte immer nur Händchen halten und kuscheln, aber er wollte auch mal etwas unternehmen, in die Eisdiele oder ins Kino. Sie sind leider nicht auf einen Nenner gekommen. Jetzt hat er Liebeskummer.

Max: Da kannst du ihm ja helfen und seine Lieblingsgerichte kochen, Freunde einladen oder eure Lieblingsfilme von früher schauen.

Lily: Das haben wir schnell abgehakt. Also er. Wir haben uns gestern einen gemütlichen Abend gemacht, er hat getrauert, sich dann gesagt, er möchte lachen, leben und lieben und hat sich sogleich mit Rea verabredet. Sie scheint ein nettes Mädchen aus seiner Parallelklasse zu sein, doch sie haben den Mathekurs gemeinsam. Da mussten sie schon mal eine Präsentation zu zweit vorbereiten, was gut geklappt hat. Sie geht auch gerne aus und hat viele Interessen. Ich habe ihm gesagt, er soll viele Erfahrungen mit mehreren Mädchen sammeln und darauf achten, dass sie dieselben Vorlieben haben, was Sport, Musik und Filme angeht zum Beispiel.

Max: Meine weise Frau. Wären wir doch nur noch einmal jung.

Lily: Echt jetzt? Du willst wieder siebzehn sein? Ich auf keinen Fall. All die Deppen, die man kennenlernt, und die Dummheiten, die man macht ...

Max: Aber zum See bist du immer gern gefahren.

Lily: Da war ich eher Ende zwanzig und nicht siebzehn. Aber ich bin gerne fünfzig. Und wenn du ehrlich bist, du willst auch keine siebzehn mehr sein, sondern dich mit Whiskey, Weib und Wein beschäftigen.

Max: Woher willst du wissen, dass das nicht meine zentralen Anliegen waren, als ich siebzehn war?

Lily: Du hast mir deine Lebensgeschichte erzählt, ich kenne dich besser als meine Westentasche. Du warst total schüchtern und still. Vielleicht hast du Whiskey und Wein getrunken, aber mit Mädels hattest du nicht viel am Laufen.

Max: Das hat man davon, wenn man seit zwanzig Jahren verheiratet ist.

Lily: Apropos lange verheiratet: Deine Mutter hat sich gemeldet. Deinem Vater geht es mit seiner Demenz abrupt schlechter. Du sollst dich bitte bei ihr melden.

Max: Am besten fahre ich sie am Wochenende besuchen. Feli und Anton wollen bestimmt nicht mit. Beim letzten Mal hat ihr Opa sie gar nicht mehr erkannt, das fanden beide schlimm.

Lily: Ja, fahr sie morgen bitte besuchen. Vielleicht unternimmst du mit deiner Mutter für ein bis zwei Stunden was alleine, weil sie gar nicht mehr rauskommt. Und für eine kurze Zeit kann sie ihren Mann alleine lassen. Es fällt ihr sehr schwer, dass er so abhängig von ihr ist.

Max: Oh Gott, oh Gott, oh Gott, oh Gott – war das ein furchtbarer Besuch! Mein Vater raunzt seine Frau ständig an, die aber ALLES für ihn macht. Sie hilft ihm beim Anziehen, Essen, erinnert sich an alles, was er vergisst und wiederholt das Gesagte fünfmal, bis es in seiner Birne ist. Hoffentlich werden wir nicht so, wenn wir alt sind. Meine Mutter ist jetzt achtzig und er dreiundachtzig. Ich überlege, ob er nicht in ein betreutes Heim muss, weil sie das so nicht mehr aushält.

Lily: Bricht dann nicht eine Welt für deine Mutter zusammen, weil sie denkt, sie würde ihn im Stich lassen? Wie schrecklich.

Max: Was hast du?

Lily: Ich bin plötzlich so traurig, wie es um die beiden steht. Ich sitze weinend auf dem Küchenstuhl.

Max: Das ist nur dein Gefühlschaos. Warte zwei Minuten, dann durchlebst du ein anderes Gefühl. Soll ich dir einen Witz erzählen? Zu welchem Arzt geht Pinocchio?
Zum Holz-Nasen-Ohren-Arzt.

Lily: Hahaha, du hast recht, der ist lustig.

Max: Wie nennt man einen Keks, der unter einem schattigen Baum liegt?
Ein schattiges Plätzchen.

Lily: Wohaha. Plätzchen. Keks. Zum Totlachen.
Aber wenn deine Mutter deinen Vater abschiebt, wird sie sich schuldig fühlen. Das ist so traurig. Ich höre mich mal nach geeigneten Heimen um. Manchmal dürfen auch beide zusammen dort einziehen. Das wäre doch gut.

Max: Das wäre besser. Das ist toll, wenn du mir die Suche abnimmst. Ein Appartement für beide in einer Anlage für betreutes Wohnen wäre perfekt.

Lily: Heute hat Rea hier übernachtet!! Ich war aufgeregter als Anton. Sie ist sehr nett. Sie waren abends unterwegs und haben sich nachts beim Heimkommen einen Strammen Max gemacht. Wurdest du damit früher eigentlich aufgezogen wegen deines Namens?

Max: Oh ja, und ob. Mir wurde immer und überall ein Strammer Max angeboten, verhungert bin ich nicht.

Lily: Aber ich habe schon wieder Hunger, ich nehme zurzeit zu, weil ich so viel esse. Irgendwie bin ich immer müde, weil ich so schlecht schlafe, und esse dagegen an. Dann werde ich noch gereizter, weil ich unzufrieden bin.

Max: So ähnlich geht es mir auch. Ich schlafe auch schlecht, weil ich mir Sorgen um meine Eltern mache. Es macht mich auch traurig, weil sie so alt und gebrechlich und in Vaters Fall krank geworden sind. Das führt mir die Vergänglichkeit des Lebens vor Augen.

Lily: Wir haben Anemonen im Garten, Windröschen. Sie symbolisieren die Vergänglichkeit. Ich kann dir welche für deine Mutter mitgeben.

Max: Das wäre nett.

28.

Lily: Neuer Frühling, 1844:

> Hab ich nicht dieselben Träume
> Schon geträumt von diesem Glücke?
> Waren's nicht dieselben Bäume,
> Blumen, Küsse, Liebesblicke?
>
> Schien der Mond nicht durch die Blätter
> Unsrer Laube hier am Bache?
> Hielten nicht die Marmorgötter
> Vor dem Eingang stille Wache?
>
> Ach! Ich weiß, wie sich verändern
> Diese allzuholden Träume,
> Wie mit kalten Schneegewändern
> Sich umhüllen Herz und Bäume;
>
> Wie wir selber dann erkühlen
> Und uns fliehen und vergessen,
> Wir, die jetzt so zärtlich fühlen,
> Herz an Herz so zärtlich pressen.
>
> Heinrich Heine (1797–1856)

Max: Wie schön. Danke! Jetzt würde ich mich auch gerne zärtlich an dich pressen …

Lily: Komm nach Hause!

Max: Bin gleich da. Gehen wir zu Luigi? Ich hätte Lust auf Penne mit Meeresfrüchten.

Lily: Können wir machen, du Früchtchen. Ich habe heute morgen eine Lindt-Schokolade auf meinem Nachttisch gefunden. Womit habe ich das verdient?

Max: Diese Pralinen werden in Hotels doch gerne auf das Kopfkissen gelegt. Und du hältst unser Haus so gut in Schuss.

Lily: Das ist wohl eher Bertas Verdienst. Hat sie die Schokolade gekauft, weil du auf Geschäftsreise bist?

Max: Genau. Ich habe meine Spione.

Lily: Das nehme ich gerne an. Danke!

Max: Das schönste Geschenk, das du mir gemacht hast, sind jedes Jahr unsere Fotobücher und die Taschenuhr aus den 1940er-Jahren, mit der ich wie ein Gentleman aussehe, wie Cary Grant. Damit hat alles angefangen. Weißt du noch? „Champagner macht uns alle gleich." Die Inschrift „Auf unser Glück" erinnert mich jedes Mal, wenn ich auf die Uhr schaue, an unser Glück, das wir haben. Wir sind schon so lange glücklich miteinander. Das kann noch mal zwanzig Jahre so weitergehen ...

Lily: Das hilft mir auch gegen meine Eifersucht anzukämpfen. Derzeit geht s mir wieder schlecht, weil ich so geschwollene Arme und Beine habe. Manchmal habe ich auch so vernebelte Gedanken und Konzentrationsstörungen. Ich komme mit diesen Wechseljahren wirklich nicht zurecht.

Max: Bald ist das auch vorbei. Halt durch!

Lily: Du auch. Du hast ja anscheinend wieder mehr Antrieb. In der Firma sprechen sie nur Gutes über dich. Du bist ein gern gesehener Chef. Deine Projekte fordern dich gerade ziemlich, aber du bleibst meistens gelassen. Das war schon mal anders.

Max: Das liegt bestimmt daran, dass es mir mit dir so gut geht. Ich gucke den jungen Hühnern nicht mehr hinterher, und seit unserem Gespräch trauere ich auch nicht mehr meiner Jugend nach. Ich bin gerne dreiundfünfzig.

Lily: Feli ist jetzt dreizehn und hat ihre Trotzphasen. Langsam möchte sie lieber Dinge mit ihren Freundinnen machen und nicht mehr mit mir.

Max: Das ist der normale Lauf der Dinge. Sie wird erwachsen.

Lily: Meistens verkriecht sie sich in ihrem Zimmer und will alleine sein. Manchmal möchte sie auch für sich alleine kochen und gar nicht mit Anton und mir essen.

Max: Lass sie einfach in Ruhe. Sie wird sich uns schon wieder zuwenden, sobald sie uns braucht. Aber jeder muss doch seine eigenen Erfahrungen machen, und manchmal gehören Fehler halt dazu.

Lily: Ich will ihr auch gar nichts vorschreiben. Meine Eltern waren viel zu streng zu mir und haben mich nur eingeengt und kontrolliert. Das mache ich nicht. Ich vertraue ihr. Sie wird ihren eigenen Weg gehen.

Max: Genau wie Anton. Wie geht's es ihm mit Rea?

Lily: Oh! Rea heißt jetzt Dana, sieht wie ein blonder Engel aus, und er kennt sie von seinem Sportverein. Die Sportler feiern tüchtig und feuchtfröhlich. Letztens hat er sich wohl ins Haus geschlichen und sich gerade noch rechtzeitig in der Toilette übergeben.

Max: Wie gut, dass du das hinter dir hast. Jetzt weißt du genau, wie viel du verträgst, um angeschickert, aber nicht sturzbetrunken zu sein.

Lily: Eine Ibu hilft mir aber immer noch oft :-)

Max: Da muss Anton jetzt auch durch!

Lily: Ich habe ihm einen Eimer neben das Bett gestellt, das Zimmer verdunkelt, und wenn er nicht mehr schlafen kann, dann hört er Hörbücher. Soll ich dir mal wieder ein neues kaufen?

Max: Gerne.

Lily: Ich bestell dir „Ein ganzes halbes Jahr" von Jojo Moyes. Das sind drei Bücher, die aufeinander aufbauen. Der erste Teil ist der beste, wenn auch wirklich traurig. Aber auch sehr schön und vor allen Dingen lustig mit flotten Sprüchen. Ich glaube, ich habe dir früher die DVD empfohlen. Aber ein Buch ist immer besser als der Film. Es wird viel mehr beschrieben. Mit schönen Worten und Redewendungen.

Max: Auf meiner nächsten Geschäftsreise habe ich wieder mal eine lange Anfahrt, da kann ich damit anfangen. Danke.

29.

Lily: Ich habe mich mal bei den Seniorenheimen in der Umgebung umgehört. Sie bieten alle Vollzeitpflege an und haben Appartements für Paare. Sie unterscheiden sich im Preis und in den Angeboten. Die einen haben Tiere vor Ort zum Streicheln, die anderen haben eine Werkstatt für handwerkliche Tätigkeiten. Basteln und Spiele bieten alle an. Nur ein Heim hat, wie ein eigenes Dorf, einen Waschsalon, Friseur und kleine Läden, die alle zu Fuß erreichbar sind.

Max: Da hast du dir ja viel Mühe gemacht. Aber zu spät. Mein Vater ist diese Nacht überraschend gestorben. Ich komme gleich nach Hause.

Max: Wir haben eine Woche nicht geschrieben, doch jetzt bitte ich dich, noch einmal den Bestatter anzurufen. Meine Mutter ist auch verstorben. Ich bin ganz durcheinander. Aber wahrscheinlich war es für sie besser so, als alleine zu sein. Sie hat es ohne ihn nicht ausgehalten. Ob es mir auch mal so gehen wird? Ich ertrage es ja kaum, wenn ich auf Geschäftsreise bin. Wann werden wir wohl sterben? Uns kann jeden Moment etwas passieren. Was ist, wenn du einen Unfall hast und ich alleine bleibe? Damit käme ich nicht klar.

Lily: Beruhige dich. Uns wird schon nichts passieren. Wir sind jung und fit. Du arbeitest weniger, hast keine Panikattacken mehr und bist weit von einem Herzinfarkt entfernt. Alles gut. Dass deine Eltern beide tot sind, tut mir leid. Mein Beileid.

Max: Aber ich wäre ohne dich einsam und verloren.

Max: Wenn du nicht mehr wärst, würde ich auch nicht mehr sein wollen.

Max: Wir könnten auch einen Unfall haben, während wir beide zusammen im Auto sind.

Lily: Jetzt ist es aber gut! Hör damit sofort auf. Du beschwörst es ja regelrecht. Uns geht es gut, und uns wird es noch lange gut gehen. Du wirst sehen.

Max: Ich werde sehen? Ich fühle mich aber alt und am Ende meiner Tage.

Lily: Am Ende deiner Tage? Ich fasse es nicht! Der Tag ist fast zu Ende, und du hast gleich Feierabend. Wir gehen zu Luigi, da kannst du dir Penne als Henkersmahlzeit gönnen.

Max: Es wird bestimmt meine letzte Mahlzeit sein. Ich sage es dir.

Lily: Ja, ja, sag es mir mal.

Lily: Ich sag dir jetzt mal was. Halte dir das ganze Wochenende frei! Es soll keine Überraschung werden, sondern deine Vorfreude gehört mit dazu, und du sollst mit entscheiden. Ich hatte mir zunächst überlegt, für dich eine große Party zu schmeißen mit all unseren Kollegen, aber die siehst du ja öfter als mich. Was dir fehlt ist vielmehr eine häusliche Aufgabe, die du magst. Dabei ist mir aufgefallen, dass die beiden Autos zu viel Platz in der Garage einnehmen und wir daneben die Fahrräder schwer rausziehen können. Wie wäre es, wenn du dir im Baumarkt einen Schuppen zum Selbstbauen aussuchst und du dich mit neuem Werkzeug daransetzt, ihn mit deinen eigenen Händen zu bauen? Ich würde ihn danach rot anstreichen. Wir hätten dann einen wunderschönen, roten Schuppen für Fahrräder und Gartenmöbel, den Rasenmäher und die Sonnenschirme. Ich koche für dich dein Lieblingsessen: Rumpsteak mit Bohnen und Kartoffelpüree. Frag doch Anton und Feli, ob sie dir helfen wollen!

Max: Du bist die Beste!

Lily: Mir hat das Wochenende richtig gut gefallen. Es war toll, wie wir zu viert den Schuppen fertiggestellt haben. Alle haben mitgeholfen. An meinen Fingern klebt immer noch rote Farbe.

Max: Und ich hatte richtig das Gefühl, gebraucht zu werden! Das war die beste Idee deines Lebens. Und ich glaube, Feli und Anton hatten auch ihren Spaß daran. Feli hat sogar mit uns zusammen gegessen. Zu viert ist es doch am schönsten! Das war sehr freundlich von Dana, uns Kuchen vorbei zu bringen. Ich glaube, sie verbringt gerne Zeit mit unserer Familie.

Lily: Ja, das glaube ich auch. Aber ich hatte den Eindruck, dass Anton dich wie einen Helden betrachtet, der ihm zeigt, wie etwas funktioniert. Du bist ein gutes Vorbild.

Max: Ach, mir geht es viel besser als letzte Woche. Das hat auch etwas mit Vergänglichkeit zu tun: Meine Eltern sind gestorben, aber wir haben einen neuen Gartenschuppen. Wie eine Blume, die wächst, welkt und neu erblüht.

Lily: Wäre das was für ein neues Projekt in unserer Firma?

Max: Für einen Bestatter habe ich noch keine Werbung konzipiert.

Lily: Du solltest dich mal wieder weniger morbiden Gedanken widmen. Wir brauchen dich hier! Deine Familie sind wir.

Max: Das stimmt. In der Firma bin ich recht selbstsüchtig. Deswegen habe ich mich entschieden, dort kürzerzutreten. Ich werde noch zwölf Jahre in der Firma arbeiten, aber schon jetzt einen

Nachfolger heranziehen und Verantwortung abgeben. Ich möchte mehr zu Hause sein. Bei euch!

Lily: Wie fantastisch! Du wirst nirgends mehr gebraucht als bei uns und von uns. Was hast du vor? Du hast doch einen Plan?

Max: Ehrlich gesagt, ja. Wir wohnen in diesem Altbau Baujahr 1947, und wir klagen alle über kalte Füße. So kalte Füße, wie ich sie vor unserer Hochzeit nicht hatte …
Ich habe mich schlaugemacht. Es gibt die Möglichkeit, das ganze Erdgeschoss aufzureißen und einen neuen Fußboden zu verlegen mit Fußbodenheizung. Aber die alten Dielen sind so schön, das wäre schade. Nun könnte ich allerdings eine Dämmung an die Kellerdecke anbringen, damit es von unten nicht so hochzieht. Ich glaube sogar, Feli würde sich darüber noch mehr freuen als Anton.

Lily: Beide würden dir helfen. Aber Feli und du – das ist schon eine ganz enge Vater-Tochter-Bindung. Sie vergöttert dich. Und sie ist handwerklich begabt wie ich.

Max: Ich möchte mehr Zeit zu Hause verbringen und Dinge mit euch unternehmen. Ich möchte mir auch wieder angewöhnen, jeden Morgen zum Bäcker zu fahren. Mein Fahrrad steht so was von startklar in unserem Schuppen!

Lily: Du fährst mehr Rad und verbringst mehr Zeit mit uns – das sind die besten Neuigkeiten aller Zeiten.

30.

Lily: Die Welt steht Kopf! Jetzt schreibe ich dir von der Arbeit, und du bist schon zu Hause. Verrückt. Worauf hast du Appetit? Was soll ich uns für heute Abend besorgen?

Max: Ich hätte mal wieder Lust auf Lammfleisch mit Zuckerschoten und Rosmarinkartoffeln. Kochst du uns das?

Lily: Kein Problem. Wie geht's im Keller voran?

Max: Mein Nacken ist steif vom Nachobenschauen, und die Dämmung stinkt und kribbelt an den Händen. Aber mir ging es noch nie besser als jetzt!

Lily: So soll es sein, Liebster.

Max: Mir fehlt noch etwas. Da ich so viel zu Hause bin, hätte ich gerne ein Haustier.

Lily: Damit liegt Anton uns doch schon seit Jahren in den Ohren. Er möchte unbedingt einen Hund, Feli aber lieber eine Katze.

Max: Warum das?

Lily: Katzen sind unabhängig, Einzelgänger und meistens nicht so verschmust. Anton will einen Hund zum Spielen, aber auch zum Kuscheln. Spazieren gehen müssen wir wohl alle mit ihm. Aber ein Familienhund wäre doch ideal.

Max: Es gibt Online-Tests, welche Rasse zu wem am besten passt. Das machen wir heute Abend.

Lily: Unsere Diskussion gestern hat ja lange gedauert, aber nun sind alle zufrieden mit dem Testergebnis: ein Golden Retriever. Weil das anhängliche Hunde sind, die sich gerne schmutzig machen, bei jedem Wetter draußen und leicht zu erziehen sind. Mit einfühlsamen und nicht strengen Worten. Das ist doch genau das Richtige!

Max: Wir werden uns einen Welpen aussuchen, den müssen wir dann verwöhnen wie ein Menschenbaby und nachts mit ihm aufstehen. Die erste Zeit ist sicherlich hart.

Lily: Da ich ja eh oft wach bin, mach ich das gerne. Ich kann mit ihm oder ihr im Wohnzimmer schlafen. Was wollen wir denn? Einen Rüden oder eine Hündin?

Max: Anton sagt, dass beide am besten kastriert werden sollten und Hündinnen oft schwierig sind, wenn sie läufig sind, ansonsten aber leichter zu erziehen.

Lily: Ich hätte gerne eine Hündin und würde sie Miss Daisy nennen wollen. Das müssen wir noch im Familienrat absegnen.

Max: Da hast du dich ja ordentlich durchgesetzt! Die anderen Namen waren auch nicht von schlechten Eltern: Ellie, Honey oder Lucy.

Lily: In drei Wochen holen wir Miss Daisy beim Züchter ab.

Max: Anton freut sich schon riesig auf das kleine Fellknäuel.

Lily: Ich mich auch. Dann fahren wir eben nicht in den Urlaub, sondern kümmern uns in den ersten Wochen rund um die Uhr um den Welpen.

Max: Hauptsache, er wird schnell stubenrein.

Lily: Dann musst du alle zwei Stunden mit ihm spazieren gehen. Das passt doch gut, wenn du Urlaub hast.

Max: Außerdem arbeite ich so wenig wie nie zuvor, sondern bin ständig zu Hause.

Lily: Wir schaffen das schon. Ich habe Miss Daisy bei einer Hundeschule angemeldet, um sie zu erziehen, und da gibt es auch eine Welpenschule. Dann lernt sie andere Hunde kennen und bellt hoffentlich nicht alle Artgenossen an, wenn wir spazieren gehen.

Max: Oder wenn sie im Haus ist. Sie muss schon lernen, ein paar Stunden alleine im Haus zu bleiben. Dabei sollte sie auch weder bellen noch winseln.

Lily: Könnten wir nicht mehr im Homeoffice arbeiten?

Max: Als Chef sollte ich mich hin und wieder sehen lassen. Aber ich delegiere eh vieles schriftlich. Das kann ich auch von zu Hause aus, da hast du recht. Ich werde das mal überdenken.

Lily: Nachdenken war doch noch nie deine Stärke. Dafür hast du andere. Kann dich jemand anderes würdig vertreten? Ich kann meine Projekte auch von zu Hause erarbeiten.

Max: Gebongt. Das geht klar.

Max: Stimmt es, dass Anton Dana in den Wind geschossen hat?

Lily: Ja, das stimmt. Er wechselt seine Mädchen schneller als seine Unterwäsche. Delia ist die Neue. Und weißt du warum? Wir haben sie bei der Welpenschule kennengelernt. Sie hat einen süßen Labrador namens Sugar. Beide Welpen sind goldfarben und sehen zusammen entzückend aus. Anton und Delia spielen ganz süß mit den Kleinen. Das ist eine große Gemeinsamkeit, als hätten sie zusammen zwei Babys. Als würden sie für später üben. Die beiden übernehmen viel Verantwortung und kümmern sich ganz liebevoll um Sugar und Miss Daisy.

Max: Aber meine Lieblingstochter spielt ebenfalls sehr niedlich mit unserem kleinen Fellknäuel. Feli ist sehr lieb.

Lily: Ja, aber am liebsten ist sie für sich oder telefoniert mit ihren besten Freundinnen. Sie trifft sich nicht so gerne mit ihnen, hält aber den Kontakt und hat ein enges Verhältnis zu ihnen. Und Übernachtungspartys mag sie nicht gerne.

Max: Feli ist schon schwer in Ordnung. Ich erkenne mich oft wieder in ihrem Verhalten. Weißt du noch, als ich keine Menschenmenge mochte? Ich habe viel weniger mit anderen geredet, als sie es tut.

Lily: So viel mehr redest du heute auch nicht :-) Du verteilst die Aufgaben und bewertest die Projekte. Zu Mitarbeitergesprächen quälst du dich, und das Homeoffice kommt dir sehr entgegen. Hauptsache, du hast Technik um dich herum.

Max: Schuster, bleib bei deinem Leisten.

Lily: Ich stelle dir lieber nicht die Frage, was dir wichtiger ist: die Technik oder ich!

Max: Wenn du mir die Frage stellen würdest, würde ich mit Technik antworten, weil diese mir nicht so viel widerspricht wie du. Technik ist zum Glück nicht widerspenstig. Aber weil ich genau das an dir liebe, liebe ich dich mehr als die Technik. Aber brauchen tu ich beides.

Lily: Du wirst ja auch nicht gerne hofiert.

Max: Aber ich bin gerne König in meinem Königreich.

Lily: Solange ich nicht vor dir niederknien oder deine Hand küssen muss. Tu, was du willst.

31.

Max: Die Spaziergänge mit Miss Daisy tun mir gut. Jetzt mache ich morgens Sport, gehe dann spazieren und frühstücke danach kurz im Stehen.

Lily: Das ist ungesund – nimm dir die Zeit, die du brauchst.

Max: Die Zeit reicht gerade, um mich auf dem Laufenden zu halten. Delia ist nicht mehr Thema bei Anton, sondern Elisa. Warum das jetzt?

Lily: Das Spielen mit Miss Daisy ist nicht mehr ganz so interessant, und mit Elisa kann er gut zusammen lernen. Sie bereiten sich schon auf das Vorabi vor. Mit dem Hund spazieren gehen tun sie außerdem zusammen. Das klappt doch ganz gut: morgens du, nachmittags er und abends ich. Manchmal begleitest du mich, wenn du mal keine Lust auf den Massagesessel hast. Deine Ruhepausen hältst du brav ein.

Lily: Elisa und Anton können gut zusammen lernen. Eine Änderung gibt bei Feli. Sie will nach Jahren, in denen sie Hockey gespielt hat, damit aufhören.

Max: Warum das denn?

Lily: Ihre besten Freundinnen sind in ihrer Klasse, aber nicht in der Mannschaft. Die Trainerin ist sehr leistungsorientiert, und deswegen macht es ihr keinen Spaß mehr.

Max: Will sie etwas anderes machen?

Lily: Sie möchte mit Tennis anfangen. Da gibt es wohl eine sehr nette Dreiergruppe, die noch ein viertes Mädel suchen. Außerdem liest sie sehr viel.

Max: Mein Mädchen! Hast du ein neues Buch, das du mir empfehlen kannst?

Lily: „Das Rosie-Projekt" von Graeme Simsion. Ich besorge dir das Hörbuch. Es geht um einen Außenseiter, der eine durchgeknallte Studentin kennenlernt.

Max: Wäre das nicht eher was für Anton?

Lily: Weder ist er ein Außenseiter noch ist Elisa durchgeknallt.

Max: Aber ich?

Lily: Du wirst es mögen, weil es unkonventionell und sehr witzig ist.

Max: Möchtest du noch einen Flachwitz lesen?

Lily: Immer her damit …

Max: Was bekommt ein Kannibale, der zu spät zum Essen kommt?

Lily: Na?

Max: Die kalte Schulter.

Lily: Hahaha.

Max: Mehr fällt mir nicht ein. Wie geht es dir mit deinen Hitzewallungen?

Lily: Sie sind nach wie vor da. Aber die Schlafstörungen sind am schlimmsten. Ich wecke dich aber nicht. Reicht ja, wenn einer von uns keinen Schlaf findet. Anscheinend bin ich auch müde kreativ. Meine Projekte laufen gerade richtig gut. Mein Chef ist hochzufrieden mit mir ...

Max: Ja, ich bin sehr zufrieden mit allem. Vielleicht ist das das Gute am Alter. Meine Midlife-Crisis wiegt jedenfalls nicht mehr so schwer. Ich bin wieder zentriert.

Lily: Das ist doch schön. Family first.

Zwölf Jahre später

32.

Max: Family first. Zeit für neue E-Mails. Es steht so vieles an: Die Hochzeit von Anton und Hanna. Der Masterabschluss von Feli. Ich bin in Rente gegangen, und du willst noch weitermachen.

Lily: Ja. Ich liebe meine Familie. Ich mag aber auch meinen Job, und ich finde Zahlen toll: fünfundzwanzig, neunundzwanzig, fünfundsechzig und zweiundsechzig. Das Alter von Feli, Anton, dir und mir. Einhunderteinundachtzig zusammen. Quersumme zehn. Zehn ist wunderbar! Ich fühle mich wunderbar. Du nervst mich allerdings etwas, weil du den ganzen Tag zu Hause bist und dich langweilst.

Max: Ach, woher denn? Ich treibe Sport, höre Entspannungsmusik, bin jeden Tag beim Bäcker, rede mit den Nachbarn, gehe einkaufen, genieße meine Technik und mein Werkzeug, repariere, was es zu reparieren gibt, und jetzt soll ich eine Location finden für die Hochzeit.

Lily: Warum lässt du das nicht die Kinder entscheiden?

Max: Weil ich die Feier bezahle.

Lily: Aber es ist ihr Fest.

Max: Aber unsere Freunde kommen auch.

Lily: Weil sie die Paten von Anton sind.

Max: Ich würde ja gerne in dem Schlossgarten feiern.

Lily: Das möchten aber Hanna und Anton nicht.

Max: Und eine Hochzeit auf einem Boot?

Max: Oder in dem schicken Hotel am See?

Max: Du magst doch den See.

Max: Und in dem Hotel waren wir auch schon mal.

Lily: Aber nicht die Kinder! Lass sie entscheiden.

Max: Sie wollen nur eine kleine Hochzeit im Standesamt!

Max: Im engsten Kreise!

Max: Zwanzig Leute!

Max: Und eine kleine Feier bei Luigi ohne Tanz!

Max: Ohne Tanz!!!

Lily: Beruhige dich. Du lenkst mich von der Arbeit ab.

Max: Ich soll mich beruhigen? Mein Sohn heiratet und dann im engsten Kreise???

Lily: Meine Güte! Sie wollen es so, und es kann doch bezaubernd werden. Er hat doch einen Bezug zu Luigi und verbindet viele schöne Momente mit unserem Stammitaliener. Und das Essen dort ist erstklassig!

Max: Du kochst besser.

Lily: Nein, das tu ich nicht. Soll ich etwa für zwanzig Personen kochen? Anton wäre sicher einverstanden, in unserem Garten zu feiern. Das Essen können wir auch hierher kommen lassen.

Max: Nein, dann ist es bei Luigi stilvoller. Ich will doch nur das Beste für die beiden.

Lily: Das Beste ist, du lässt sie selbst entscheiden.

Max: Aber wollen sie eine Band oder einen DJ?

Lily: Max!

Max: Luigi spielt doch nur seine italienische Musik. Das muss doch mal geklärt werden.

Lily: Anton hat mir gesagt, dass er Luigis Musik liebt und dass es gerade wichtig ist für die Atmosphäre dort. Nach dem Essen finden noch Spiele statt.

Max: Der Trauzeuge will eine Videoshow laufen lassen, da kann ich mit meiner Technik helfen.

Lily: Das wird eine gute Hilfe sein!

Max: Wir sollten auch etwas vorbereiten.

Lily: Ich habe mir da schon was überlegt. Wie wäre es, wenn du ein Gästebuch gestaltest, in dem sich jeder Anwesende verewigen kann? Du könntest die Gäste auch vorher anschreiben und sie bitten, etwas Hubsches vorzubereiten, was du dann einkleben kannst.

Max: Das ist eine ausgezeichnete Idee.

Lily: Und Feli hilft dir sicher bei der Deko.

Max: Hat sie nicht genug zu tun mit ihrer Masterarbeit? Joshua lenkt sie schon genug ab.

Lily: Nur im positiven Sinne. Die zwei sind ein süßes Paar. Ein bisschen Ablenkung wegen der Deko gefällt ihr bestimmt.

Max: Nach dem Master wird sie dafür erst einmal keine Zeit mehr haben. Sie fängt gleich in meiner alten Firma an. Irgendwann wird sie den Laden dann übernehmen.

Lily: Mit ihrem BWL-Studium und dem Schwerpunkt Marketing genau das Richtige.

33.

Max: Die Einladungskarten müssen langsam gedruckt werden. Das wollte ich übernehmen.

Lily: Ich habe schon von eurem Streit gehört. Hanna will das in einer anderen Druckerei machen lassen.

Max: Aber ich habe doch die Kontakte!

Lily: Lass sie machen.

Max: Aber ich habe viel mehr Erfahrung!

Lily: Es ist ihr Tag. Ihre Entscheidung. Punkt.

Max: Aber ich habe schon so ein schönes Bild ausgesucht.

Max: Und die Schriftart.

Max: Und die Hintergrundfarbe.

Lily: Es ist ihre Entscheidung.

Lily: Bist du jetzt beleidigt?

Max: Ja.

Lily: Du bietest doch schon anderweitig deine Hilfe an. Das Gästebuch und das technische Equipment für die Videoshow.

Max: Aber es soll doch ein ganz besonders schöner Tag werden.

Lily: Das wird es ja auch. Die beiden lieben sich und sehen wunderschön zusammen aus. Was ist mit Fotos? Du könntest ihnen einen Fotografen schenken, und wer weiß, vielleicht darfst du die Kulisse mit aussuchen. Im Schlossgarten zum Beispiel. Vor der Mauer sieht das sicher hübsch aus. Hauptsache, es regnet nicht. März ist noch so unsicher.

Max: Oft werden ja die Paarfotos schon vorher gemacht.

Lily: Aber der Bräutigam darf das Kleid doch nicht vorher sehen?

Max: Am nächsten Tag ist alles zu zerknittert, von den Gesichtern gar nicht zu sprechen.
Wir müssen zwischen Trauung und Essen Zeit dafür einplanen.

Lily: Und was machen die Gäste währenddessen?

Max: Im Schlossgarten gibt es ein Café. Dann wären sie doch dort, wie von mir gedacht. Die Gäste nippen an ihrem Sekt während mein Freund, der Fotograf, die Fotos schießt. Gruppenbilder können wir dann gleich mitmachen.

Lily: Engagier den Fotografen für die gesamte Feier, dann kann er noch Schnappschüsse schießen.

Max: So machen wir es.

Lily: Feli hatte eine tolle Idee, wie das Brautpaar vom Schlossgarten zu Luigi kommt. In den hohen Absätzen wird Hanna nicht lange laufen können.

Max: Und?

Lily: Eine Rikscha.

Max: Das hat Stil. Klasse, Mann!

Lily: Bei der Deko haben sich Feli und Hanna auch kurzgeschlossen und für schlichte Tulpen in Weiß entschieden. Die sollen auch auf die Einladungskarten gedruckt werden.

Max: Das wird gut aussehen, keine Frage. Es würden aber auch Anemonen blühen, das weißt du.

Lily: Maaaax!

Max: Schon gut.

Max: Anton will mit mir den Anzug aussuchen gehen!

Lily: Das freut mich für euch. Das wird sicher Stunden dauern ...

Max: Pff.

Lily: Jetzt steht erst einmal Weihnachten vor der Tür, das rückt in diesem Jahr absolut in den Hintergrund. Das kenne ich gar nicht von uns.

Max: Diese Hochzeit nimmt einen auch völlig in Beschlag ...

Lily: Was ist mit der Schlittschuhlaufbahn?

Max: Ob wir das tun sollten? Stell dir vor, wir stürzen und brechen uns ein Bein und laufen im März mit Gips rum.

Lily: Schwarzmaler.

Max: Chuck Norris kann schwarze Filzstifte nach Farbe sortieren.

Lily: Haha. Wer ist Chuck Norris?

Max: Ein Schauspieler, der besonders mit Bruce Lee zusammen gespielt hat und dessen Zitate in Form von Witzen zusammengetragen wurden. Antons Pate findet den furchtbar komisch.

Lily: Aha. Ist Bruce Lee nicht so ein Kampfkünstler?

Max: Du kennst ihn, weil er in den „Karate Kid" – Filmen erwähnt wird.

Lily: Und bei „Teufelskicker". Jaja. Kennste einen, kennste alle.

Max: So weit würde ich jetzt nicht gehen.

Max: Damit ich den Überblick behalte: Die Einladung, die Deko, die Fotos, das Gästebuch und die Location stehen. Was ist denn mit dem Essen?

Lily: Jeder darf essen, was auf der Karte steht. Vorspeise und Nachspeise wählen das Brautpaar aus.

Max: Nicht ich?

Lily: Du nicht. Du darfst essen.

Max: Ich werde mir den Bauch so was von vollschlagen. Diese Vorbereitung schafft mich auch ganz schön!

Lily: Dich schafft das? Du sollst Hanna und Anton eine Stütze sein und nicht eine Last.

Max: Ich habe mich doch auch nur ein wenig bei den beiden beschwert, weil das Datum unsere Weihnachtsrituale kaputtmacht.

Lily: Du hast gesagt, es würde sie kaputtmachen? Das hast du nicht wirklich gesagt, oder? Kaputtmachen?

Max: Das hast du doch gesagt.

Lily: Ich??? Ich habe gesagt, Weihnachten rückt in den Hintergrund. Das ist etwas völlig anderes. Kaputtmachen heißt willentlich zerstören – aber das machen die beiden doch gar nicht. Im Gegenteil. Du sollst dich viel weniger einmischen. Deine Präsenz nervt.

Max: Aber ich mach doch gar nichts.

Lily: Wenn ich nach Hause komme, fände ich es schön, wenn wir über den Weihnachtsmarkt gehen würden. Ein kleiner Spaziergang mit weihnachtlichen Düften in der Nase wird uns guttun. Dann kriegen wir beide einen klaren Kopf.

Max: Dass du dich jedes Jahr wieder über die Handwerkskunst dort so begeistern kann, das ist mir ein Rätsel.

Lily: Es gibt nichts Schöneres als Strohsterne und rauchende Nussknacker.

Max: Du magst gar keine Raucher.

Lily: Aber Kerzen.

Max: Früher habt ihr Kerzen selbst gezogen, weißt du das noch?

Lily: Nicht wir zu Hause. Aber im Kindergarten haben sie das beim Weihnachtsbasar angeboten.

Max: Vielleicht können wir das bald wieder? Wer weiß? Wenn Hanna und Anton verheiratet sein werden, bekommen sie vielleicht auch Kinder?

Lily: Damit dir nicht mehr die Decke auf den Kopf fällt?

Max: Genau. Max und Moritz, die Streiche aushecken. Sie sollten einen Sohn bekommen und ihn Moritz nennen.

Lily: Bevor du mit Moritz in spe Streiche aushecken kannst, musst du ihn vielmehr im Kinderwagen durch die Gegend schieben, ihm Kinderlieder vorsingen und später dann bei der Schaukel Schwung geben.

Max: Das alles habe ich bei Feli und Anton wegen der Arbeit verpasst! Das kann ich dann alles nachholen, wenn es soweit ist. Das Tolle am Opa-Sein ist ja, dass ich sie nach Strich und Faden verwöhnen darf, aber nicht erziehen muss.

Lily: Jaha.

34.

Max: Mir ist langweilig.

Lily: Wie wäre es, wenn du kochen lernst?

Max: So richtig mit Rezept nach Anleitung? Dafür habe ich entweder meine Haushälterin oder dich.

Lily: Aber Berta putzt nur. Sie kocht nicht. Guck dir doch mal ein Kochbuch an, und such dir raus, was dir gefällt.

Max: Seezungen aus dem Ofen auf dreierlei Art. Seite 203.

Max: Klassischer Pfeffertopf aus der Toskana. Seite 229.

Max: Hähnchenragout nach Art der Jägersfrau. Seite 238.

Lily: Ist das Jamie Olivers „Genial italienisch"?

Max: Richtig. Ich mache Luigi Konkurrenz. Ich fange mit dem Huhn an. Hähnchen, Lorbeerblätter, ... Lorbeerblätter???

Lily: Findest du im Gewürzregal im Glas.

Max: Ach so. Rosmarin, Knoblauch, Chianti haben wir. Mehl, Olivenöl. Sardellenfilets. Mögen wir die?

Lily: Nicht so gerne. Kannst du weglassen.

Max: Oliven und Eiertomaten. Was sind Eiertomaten?

Lily: Flaschentomaten, die heißen so wegen ihrer Form. Eiförmig eben. Kannst du in der Dose kaufen.

Max: Ach so.

Max: Ich soll das über Nacht marinieren lassen. Dann können wir das erst morgen essen.

Lily: Eine Stunde reicht auch aus.

Max: Was heißt dünsten?

Lily: Leicht in Öl schwenken und braun werden lassen.

Max: Das ist mir gut gelungen!

Lily: Ja, es war richtig lecker.

Max: Was soll ich heute machen?

Lily: Gekocht werden muss doch jeden Tag.

Max: Aber dazu habe ich keine Lust. Das dauert mir zu lange. Ich war gestern eine Stunde mit dem Einkauf beschäftigt, bis ich alles gefunden hatte, und stand zwei Stunden in der Küche.

Lily: Na, den Chianti hattest du dabei aber gut vorgekostet.

Max: Der passte auch sehr gut zum Menü.

Lily: Menü mit Schokopudding aus dem Plastikbecher? Versuch das nächste Mal doch, Tiramisu selbst zu machen.

Max: Das machst du besser. Was soll ich jetzt tun?

Max: Ich könnte den Schuppen aufräumen.

Max: Im Keller muss auch mal ausgemistet werden.

Max: Meine Kleidung könnte ich durchgehen und weggeben, was ich nicht mehr anziehe.

Lily: Erzähl mir das doch heute Abend.

Max: Willst du etwa nicht über jeden kleinen Schritt informiert werden, den ich plane oder mache?

Lily: Doch natürlich. Seufz.

Max: Ich habe aber heute auch zu gar nichts Lust. Was soll ich nur mit mir anfangen? Ich kann mich zu nichts aufraffen. Lustlos. Lustlos. Lustlos.

Lily: Ich bin in drei Stunden da, halt durch. Noch dieses Meeting und zwei coole Sprüche finden, dann bin ich bei dir.

Max: Lustlos. Lustlos. Lustlos.

Max: Ich suche mir jetzt eines meiner Hörbücher aus. Ohne das Ruckeln des Zuges, die Ansage vom Zugführer und die störenden Mitreisenden kann ich es sicherlich genießen.

Lily: Setz dich dazu doch in deinen Massagesessel.

Max: Der ist schon zu alt. Die Technik funktioniert nicht mehr einwandfrei.

Lily: Dann kauf dir halt einen neuen. Recherchier doch mal. Die haben mittlerweile bestimmt eine viel effektivere Technik.

Max: Mit Sicherheit.

Max: Dann sitze ich stundenlang in dem Sessel, schaue aus dem Fenster, sehe die Veränderungen durch die Jahreszeiten vorbeiziehen und höre Hörbücher.

Lily: Du klingst ganz schön theatralisch.

Max: Im Theater waren wir auch schon lange nicht mehr. Das kann ich ebenfalls recherchieren. Mein Tag besteht heute aus lauter Recherche.

Lily: Dabei kannst du doch an deinem geliebten PC sitzen.

Max: Ertappt :-)

Lily: Bist du fündig geworden?

Max: Ich habe mir Testergebnisse durchgelesen von Massagesesseln. Aber ich habe mich noch für keinen entschieden. Die Kritiken von den Theaterstücken waren jedoch recht vielversprechend. Ich stelle sie dir heute Abend vor.

Max: Vielleicht lege ich uns eine Projektmappe an mit den möglichen Veranstaltungen.

Lily: Eine Projektmappe hört sich gut an. Aber heute Abend bin ich platt und möchte gar nicht mehr raus. Tut mir leid.

Max: Schade, ich dachte mir, ich führe dich schick aus.

Lily: Wollen wir nicht einfach nur Essen gehen?

Max: Aber dann probieren wir mal was Neues aus und ziehen uns schick an.

Lily: Meinetwegen.

Lily: Das war großartig, dass du mich gestern überredet hast auszugehen.

Max: Ganz der alte Motivator!

Lily: Gestern hast du den ganzen Tag über Lustlosigkeit rumgejammert und nun dieser Sinneswandel?

Max: So schnell kann es manchmal gehen.

35.

Lily: Ich sage einfach mal DANKE dafür, dass du so viel mit Miss Daisy rausgehst. Es erleichtert meinen Tag, und Anton hat ebenfalls anderes im Sinn.

Max: Ich habe ja die Zeit und meistens sogar Lust dazu. Sport war schon immer mein Steckenpferd.

Lily: Na, dann mal ab durch die Prärie, Cowboy.

Max: Findest du nicht, dass Miss Daisy abgenommen hat und krank aussieht?

Lily: Vielleicht gehst du mal zum Arzt mit ihr. Dann hast du wieder was zu tun.

Max: Ich musste auch extrem lange im Wartezimmer warten. Es gibt traurige Nachrichten: Die alte Dame ist am Ende ihrer Tage, und der Arzt kann ihr nichts mehr verordnen, außer noch eine angenehme letzte Zeit mit uns zu erleben.

Lily: Geht es dir damit so schlecht wie damals, als deine Eltern verstorben sind?

Max: Nein, im Gegenteil. Ich finde, wir hatten tolle Jahre mit Miss Daisy, und nun können wir gebührend Abschied nehmen. Ihr die letzten Wünsche erfüllen. Ich habe ihre Lieblingsknochen gekauft, wir waren bei ihrem Lieblingsbaum, an dem sie fast im Kopfstand pinkelt, und auf dem Nachhauseweg haben wir ihren Lieblingsnachbarhund getroffen. Wir haben uns für weitere gemeinsame Spaziergänge verabredet.

Lily: Das klingt wunderschön. Da freue ich mich schon darauf, meinen Lebensabend mit dir gemeinsam zu verbringen, mein Schatz!

Max: Ich mich auch, Liebling. Aber nun ist das Ende von Miss Daisy doch schneller gekommen, als gedacht. Wir müssen unbedingt den Kindern Bescheid geben, damit sie sich verabschieden können.

Lily: Als hätte Miss Daisy es so geplant, aber sie ist sanft eingeschlafen, als wir vier um sie herumsaßen. Was für ein schöner Abschied. Anton und Feli sind allerdings untröstlich traurig, so schluchzen habe ich die beiden noch nie gesehen.

Max: Ja, Miss Daisy gehörte einfach mit zur Familie. Überleg mal, wohin wir sie überall mit in den Urlaub genommen haben!

Lily: Weißt du noch, am Hundestrand in Kiel, bei dem Kiosk direkt am Meer?

Max: Und auf den Autofahrten hat sie fast immer gekotzt.

Lily: Das sollten wir bei der Grabrede vielleicht nicht erwähnen.

Max: Wieso denn nicht? Das ist doch ganz natürlich.

Lily: Einem Hund Reisetabletten ins Futter zu mixen?

Max: Anton wird bestimmt etwas Wunderschönes über sie sagen und auch einige Anekdoten erzählen.

Lily: Ja, das wird er gut machen. Wollen wir denn einen neuen Hund?

Max: Wir können die beiden ja mal fragen. Aber Anton und Hanna schaffen sich sicherlich selbst einen an. Feli ist auch außer Haus, und ich freue mich auf die Zweisamkeit mit dir. Lange ausschlafen, ohne an die Hundeblase denken zu müssen.

Lily: Das hat natürlich auch etwas für sich. Dann können wir auch wieder weiter wegfliegen.

Max: Am liebsten bin ich mit dir in unserem Zuhause!

Lily: Jetzt wird unsere Zweisamkeit aber erst einmal durch Feli bereichert, die sich bei uns auf ihre Masterarbeit vorbereiten wird. Willst du nicht mal wieder für uns kochen? Das war beim letzten Mal sooo köstlich.

Max: Mal sehen. Ich mache doch schon die Wäsche für dich, obwohl du das eigentlich ganz gerne machst.

Lily: Das stimmt. Aber so haben wir mehr Zeit für uns – das ist doch viel schöner. Und du bist beschäftigt.

Max: Ich beklage mich auch nicht mehr. Nerv ich dich noch?

Lily: Nein. Du hast gelernt, nicht mehr so selbstsüchtig zu sein.

Max: Ich will doch nur von dir geliebt werden. Andere Menschen sind mir egal. Ausgenommen Feli und Anton.

Lily: Das wirst du doch. Von uns dreien. Besonders von mir natürlich.

Lily: Ich habe mir etwas überlegt. Ich fände es gut, wenn du damit einverstanden wärst, dass ich frühzeitig in den Ruhestand gehe, damit wir unsere Zeit gemeinsam verbringen können.

Max: Das würdest du tun? Für mich? Natürlich bin ich einverstanden. Sehr sogar.

Lily: Ich möchte die Zeit für Feli haben, mich auf die Hochzeit freuen, und alles mit dir zusammen machen.

Max: Dann machen wir das so.

Dreizehn Jahre später

36.

Lily: Ich starte unseren E-Mail-Verkehr erneut mit der Quersumme unseres Alters: fünfundsiebzig, achtundsiebzig, achtunddreißig, zweiundvierzig, zwölf, zehn, neun, sechs, macht zusammen zweihundertsiebzig, davon ist die Quersumme neun. Hättest du gedacht, dass wir uns so häufig um unsere Enkelkinder kümmern würden? Finn und Jesse sind zwölf und zehn. Belinda und Carolin sind neun und sechs.

Max: Bei ihnen bin ich gerade. Wir üben zusammen lesen, wie damals mit Anton und Feli.

Lily: Mir geht es bei Finn und Jesse nicht anders. Ich werde auch an unsere Kinder erinnert. Wir haben zusammen Kekse gebacken und wollen den Pizzateig gleich selbst belegen. Was habt ihr noch geplant?

Max: Wir fahren mit den Fahrrädern zu dem großen Spielplatz, bei dem es diese Seilbahn gibt. Feli hat ein Picknick vorbereitet.

Max: Was hast du eigentlich immer mit dieser Quersumme?

Lily: Damit kannst du prüfen, ob eine Zahl durch drei teilbar ist. Wenn die Quersumme durch drei teilbar ist, wie zum Beispiel neun, dann ist zweihundertsiebzig ebenfalls durch drei teilbar. Finn und Jesse kennen die Teilbarkeitsregeln bereits.

Max: Und warum willst du das wissen? Was hast du davon?

Lily: Nur meinen Spaß! Warum schaue ich mir wunderbare Gemälde im Museum an? Aus dem reinsten Vergnügen.

Max: Du hast ja gute Laune! Wie kommt's?

Lily: Ich fühle mich gut, wenn ich gebraucht werde.

Max: Treffen wir uns Montag wieder zu Hause?

Lily: Klar. Was wollen wir machen?

Max: Ich würde mir gerne ein 1000er-Puzzle kaufen. Das hat mir mit Belinda und Carolin gerade viel Freude bereitet. Ich suche uns ein ansprechendes Motiv aus, und du darfst mir gerne beim Puzzeln helfen. Soll ich nach einem Ferrari Ausschau halten?

Lily: Ich hätte lieber den Eiffelturm oder ein Strandmotiv.

Max: Wird erledigt. Als wir das Wochenende in Paris waren, haben wir wirklich schöne Momente gesammelt.

Lily: Der Eiffelturm, Notre Dame, der Louvre, Montmartre, das Schloss Versailles, das Musée d'Orsay …

Max: Baguette und Wein, warme Croissants, die Métro …

Lily: Fahren wir noch einmal dorthin!

Max: Bei mir macht es sich wieder bemerkbar, dass ich viele Leute um mich herum nicht leicht ertragen kann. Ich brauche im Alter das Vertraute. Wie wäre es, wenn wir eine Runde zum Kartenspielen eröffnen? Mit Nachbarn, die auch Doppelkopf spielen können.

Lily: Dann frag ich mal rum. Einmal die Woche wäre doch realistisch.

Max: Ich weiß, dass Cordula von nebenan gerne Wollsocken strickt. Aber Doppelkopf spielen kann sie auch.

Lily: Woher weißt du das?

Max: Von der Warteschlange beim Bäcker ...

Max: Und Petra malt gerne Mandalas für Erwachsene aus. Aber auch sie spielt Doppelkopf.

Lily: Mannomann, du bist ja bestens informiert.

Max: Man tut, was man kann.

Lily: Wir tun, was wir können und sind schon wieder beim Babysitten. Dieses Mal habe ich die Mädchen und du die Jungs. Was macht ihr?

Max: Die Jungs haben Turniere, die ich begleite. Jesse kickt ganz gut beim Fußball, und Finn spielt Handball gegen auswärtige Vereine. Er ist richtig gut.

Lily: Wir machen es uns gemütlich in der Wohnung bei dem Regenwetter und bauen eine Höhle. Dabei lese ich ihnen die „Kiki-Bücher" von Jenny Valentine vor.

Max: Sie sollen doch selbst lesen.

Lily: Jaaaa, aber es macht mir Spaß, und wir wollen nicht aus allem etwas zum Lernen machen. Der Spaß soll doch an erster Stelle stehen.

Max: Man kann nicht sagen, dass wir keinen Spaß zusammen hätten.

Lily: Hättest du dir früher, als wir uns kennengelernt haben, jemanden gewünscht, der cooler und angesagter ist als ich?

Max: Ich habe mich damals doch auf niemanden eingelassen, du warst die Einzige, die ich an mich rangelassen habe. Irgendwie hatte ich schon immer Schwierigkeiten, Menschen zu ertragen. Obwohl du nicht cool oder angesagt warst, habe ich nur dich ausgehalten. Und so geht es mir nach all den Jahren immer noch.

Lily: All die Jahre wieder. Was haben Feli und Anton denn gesagt, was sich die Kleinen zu Weihnachten wünschen?

Max: Oh, da soll es Barbie und Ken geben, einen Campingwagen mit Planschbecken für die Puppen, Tiere der Firma Schleich aller Art und einen großen Stall für all die Tiere. Verkleidungskostüme für Prinzessinnen und Zauberer. „Harry Potter" ist total angesagt. Merchandise von „Drachenzähmen leicht gemacht". „Die Schule der magischen Tiere" sowie „Liliane Susewind" und „Hummelbi" von Tanya Stewner. Alle Bücher, die ganze Serie.

Lily: Dieses Weihnachten wird sicher richtig besinnlich, weil Belinda und Carolin bei dem Krippenspiel in der Kirche mitwirken. Weihnachtslieder in der Kirche zu singen ist zudem außergewöhnlich.

Lily: Ist es in Ordnung, dass wir am Heiligabend zu zweit bleiben und uns erst am 1. Weihnachtsfeiertag.mit allen treffen? Sechs Erwachsene und vier Kinder – wird doch herrlich sein.

Max: Ja, die Quersumme ist zehn :-)

Lily: Top.

Max: Die Weihnachtstage waren wieder mal stressig.

Lily: Jetzt hast du es ja hinter dir.

Max: Schöner Weihnachtsstress. So soll es immer sein.

Lily: Du willst immer Weihnachten haben? Einmal im Jahr reicht doch völlig aus.

Max: Strahlende Kinderaugen und glückliche Menschen um mich herum, da schaue ich dich gleich mit Zuneigung und Stolz an, wenn du vom Einkaufen zurückkommst. Wenn ich Zeit mit dir und unserer Familie erleben darf, ist es das schönste Geschenk, das es gibt.

Die Autorin

Wiebke Frech, geboren 1975 in Bremen, liebt Bücher und Filme. Seit einigen Jahren gehört aber vor allem das Schreiben zu ihren bevorzugten Aktivitäten. Bevor sie sich ganz ihrer neuen Leidenschaft gewidmet hat, arbeitete sie als Lehrerin für Mathematik an Grund- und Hauptschulen sowie als Lernförderlehrerin für Mathematik und Deutsch. Anschließend besuchte sie eine kreative Schreibschule. Die Autorin ist geschieden und lebt heute mit ihren beiden Kindern am Stadtrand von Hamburg. Mit „Family first" legt sie ihr zweites Werk vor. Ihr erstes Buch „Eine ausgezeichnete Idee" erschien 2014.

Der Verlag

> *Wer aufhört besser zu werden, hat aufgehört gut zu sein!*

Basierend auf diesem Motto ist es dem novum Verlag ein Anliegen, neue Manuskripte aufzuspüren, zu veröffentlichen und deren Autoren langfristig zu fördern. Mittlerweile gilt der 1997 gegründete und mehrfach prämierte Verlag als Spezialist für Neuautoren in Deutschland, Österreich und der Schweiz.

Für jedes neue Manuskript wird innerhalb weniger Wochen eine kostenfreie, unverbindliche Lektorats-Prüfung erstellt.

Weitere Informationen zum Verlag und seinen Büchern finden Sie im Internet unter:

www.novumverlag.com

Bewerten Sie dieses Buch auf unserer Homepage!

www.novumverlag.com